完美的仆人

【希】迪米崔·舒塔奇斯◎著　　黄越平◎译

新世界出版社
NEW WORLD PRESS

图书在版编目（CIP）数据

完美的仆人 / (希) 迪米崔 · 舒塔奇斯著 ; 黄越平译 . -- 北京 : 新世界出版社 , 2024. 8. -- ISBN 978-7-5104-7952-6

Ⅰ . I545.45

中国国家版本馆 CIP 数据核字第 2024DK0990 号

北京版权保护中心引进书版权合同登记号：图字 01-2022-5890 号

完美的仆人

作　　者：[希] 迪米崔 · 舒塔奇斯
译　　者：黄越平
责任编辑：周　帆
责任校对：宣　慧　张杰楠
责任印制：王宝根
出版发行：新世界出版社
网　　址：http://www.nwp.com.cn
社　　址：北京西城区百万庄大街 24 号（100037）
发 行 部：（010）6899 5968（电话）（010）6899 0635（电话）
总 编 室：（010）6899 5424（电话）（010）6832 6679（传真）
版 权 部：+8610 6899 6306（电话）nwpcd@sina.com（电邮）
印　　刷：天津中印联印务有限公司
经　　销：新华书店
开　　本：710mm × 1000mm 1/32　　尺寸：145mm × 210mm
字　　数：140 千字　　印张：5.875
版　　次：2024 年 8 月第 1 版　　2024 年 8 月第 1 次印刷
书　　号：ISBN 978-7-5104-7952-6
定　　价：49.00 元

目录

1

叔叔去世

最后一次见到马里欧，是在四年前那个令人悲痛的周末，在一次叔叔的生日宴会上（这是一个多年来被尊崇的家族传统，直到叔叔生病，他本人失去了组织这个聚会的兴趣）。说实话，那天的聚会我连一句话都没和马里欧说过。我到的时候已经是下午了，客厅的大沙发上坐满了人。我开始疯狂地喝起威士忌来，一直喝到晚餐时间。

不管怎样，那时马里欧对我而言不过是叔叔家一个长期固定的角色。他从小到大做着同样的事，就是为我叔叔和他的客人服务，是个忠实的、恪尽职守的仆人。总而言之，我丝毫没有过和他进行更多接触的想法。和家里的其他亲戚一样，我知道马里欧成年后在叔叔家后院的一个小房子里生活了二十多年。我们俩年龄相似，都将近四十岁。

大家对某些事情有所耳闻，马里欧的母亲曾是叔叔最得力的助手，当时叔叔是个一心把自己的企业扩展成商业王国的成功商人。那时婶婶还活着，她对马里欧的母亲将工作范畴扩展到叔叔床上这件事略有所知，但高傲的婶婶不允许这些捕风捉影的事打破她和叔叔之间和谐的生活。接着婶婶突然去世，随即马里欧的母亲也离开了人世。就这样，叔叔最为珍视的两个女人在同一年里相继离开了他。那时马里欧刚刚成年，从来不知道自己父亲是谁的他一下子成了孤儿。叔叔经过一番深思熟虑，认为以马里欧当时的年龄，收养他做儿子不是个明智的举动，因此向马里欧提出，他将雇用他，付他正常工资，让他照顾家里的一切并处理一些行政琐事。

多年以后，随着叔叔的衰老，他的体力和健康状况逐渐开始走下坡路，马里欧的工作显得越发重要起来。在那个漫长而悲伤的周末，当我从他对面走进屋子时，我压根没想起向他问好。我不是个没礼貌的人，只不过那时的情形很特别，屋子里充满了沉重的气氛，叔叔即将和我们永别了。当大家得知这个令人难过的消息后，叔叔的兄弟姐妹和朋友们、我多年没见的表兄妹们，还有一些住在世界另一头的亲戚，马上动身出发，想在最后的时刻陪伴在他身旁。多数人在我之前就已经到了，我们互相打着招呼，轻声交流着各自的近况，等待医生的到来（医生许诺下午来向大家最后一次通报病人的身体状况）。大家都聚集在房子的一楼，而叔叔则躺在二楼房间的床上处于昏迷状态，陪伴他的是两名全天候看护他的护士。大家控制着自己的悲伤，因为所有人都认为叔叔获得了他想要的一切，他有过物质财富上的满足，还有两个女人向他献出了爱情，他会带着幸福离开。

当叔叔决定放弃城里豪华的公寓搬到这座庞大的郊外别墅时

（所有人都认为他将会后悔，搬回生活了一辈子的首都只是个时间上的问题），我也猜测过叔叔一定熬不过两个月。但出乎所有人的意料，叔叔非常喜欢这里，自此再也没有回过城。叔叔一直很享受城市的生活，并全身心地专注于发展他的企业。如果对比他前些年的一贯做法，这个决定就不免让人觉得有些不可思议。

这座郊外别墅距离城市并不太远，是离市中心不过四十公里左右的一个住宅区。这个小区蜷缩在国道的拐弯处，这里逐渐建起了很多豪宅，但是附近没有能让人购买基本生活用品的商店，人们不得不去周边区域甚至是首都买东西。当然这些都是马里欧职责范围内的事。说到这里，我要说明的是，我和马里欧长得很像，有人曾以为我们俩是兄弟。的确，我们的体重、身高、外貌都很相似，都有一双明亮的眼睛，还有一种奇怪的略带悲伤的举止。我比他最多大两岁，唯一不同的是，马里欧的肤色比我的深一点。凡有些观察力的人都会很容易注意到我俩的相似之处。

那个下午在不知不觉中过去了，亲戚们彼此都很久没见，大家轻声交谈着。有人提到了一件以前的事，让大家回想起了过去的快乐时光，其中一人不禁笑出了声，直到其他人提醒他叔叔正处在病危的状态，他才又放低了声音。大家见到彼此都很兴奋，如果不是处在现在的状况，我们一定会互相敬酒。但是现在，我们都很焦虑，不知所措地喝着酒，直到四点半左右医生抵达。我们看见医生的身影走进大门，穿过大花园，然后听到了门铃声。所有人都站了起来，脸上显出紧张的表情。马里欧在那一刻跳了起来，飞快地顺着楼梯跑下来打开了门。

医生大概六十岁，戴着近视眼镜和礼帽，看上去彬彬有礼、和蔼可亲。当他开始和我们讲话时，他的每句话都充满了感情。他坐在客厅中央的大沙发上，缓慢而清晰地说道：

“我认识你们的叔叔已经很多年了，他是位令人尊敬的先生。最主要的是，我们的私人关系很好，我们之间有着深厚的友谊。因此你们可以明白，此刻对于我而言同样很艰难。我不想向大家隐瞒，他的情况很不好，今天你们来到这里，说明已经很清楚这个情况了。我不想让大家疲劳，在此就不做医学上的分析了，但如果有人想了解他的病史，我很愿意向他解释。一切治疗对他来说没有什么意义了，他只有几小时的时间了。现在对你们说这些让我心碎，但我别无选择。你们的叔叔之前在医院住了很长时间，在我的干预下回到了这里——他自己的家，因为我不想让他在医生和病房之间走完生命的最后时刻。希望你们赞同我的这个做法。”

我们低声表示赞同。说完，医生立刻从沙发上站了起来，此时有人轻轻拍了拍他的背，像在安慰他。这情景有些可笑，如果仔细想想的话，理应是他来安慰我们。医生缓慢地走上楼，我们则回到各自的座位上，继续喝着手中的酒，就像一场话剧演出刚刚结束上半场，作为观众的我们必须等着下半场开始。那天来了多少人？我记得大概有二十多人吧。客房已经准备好，大家要在那里过夜。医生在叔叔的房间里待了不到十分钟，在向我们保证明早再来之后，就道别离开了。

我不想否认，晚上我们犯规了。我和两个住在南部很少见面的堂兄溜出别墅，在附近找到了一家旧咖啡馆，还好那里也卖酒，并且半夜以后才关门。

晚上，我躺在床上盯着高高的天花板。那个时期我过得很不好，我刚刚和已经谈婚论嫁的女友分手。最后那几个月，我们俩的关系就像一场噩梦，我们隔三岔五地吵架，至今我都没明白这变故怎么来的，就好像被人下了咒语，一切变得糟糕透顶。我被这事弄得疲惫不堪，终于感觉松了一口气。带着一丝淡淡的哀伤，在酒精的眩晕中我沉沉睡去。直到清晨的阳光透过窗帘照在我的眼皮上，我才醒来。清醒之后意识到自己正处在一座和另外二十人在一起的房子里时，我感觉很好。

穿好衣服后我步入花园。怡人的清风轻轻吹拂着我的脸庞，我在矮树丛中漫步，遥望着若隐若现的地平线。花园的范围从作为主要入口的铸铁大门一直延伸到仓库和马里欧的房子。北面则完全是另外一种面貌，开满鲜花的草地蔓延到远处的山脚。南面的景色比较平淡，有一片杂乱地长着草丛和灌木的田野，后面则是一个建筑密度很大的居民区。我记得当年叔叔对此很不满。

在短暂的晨间散步时，我遇到了两个同样早起享受乡间美景的亲戚，随后又碰到了一个同城的表兄，相互问候之后大家下意识地朝着大房子走去。

那天早上，叔叔永远离开了这个世界，这是个对全家族人来说悲哀的黑色的日子。大概九点的时候，医生来了，示意问候之后，他什么都没说，轻声走上了楼。我们在客厅的各处坐下，斟满酒杯——尽管现在喝酒有点早（房间里保持着一种淡淡的紧张，在当时的情况下是情有可原的）。过了一会儿，我们看到医生从楼梯上走了下来，他步伐平稳，没有显出特别伤心，但我们从他的眼神中看出了不祥之兆。医生的脸上发出一种光芒，好像在提醒大家叔叔的结局是完美的，他平静且没有痛苦地离开了。叔叔活得很精彩，活着的时候，他慷慨的为人为身边的人带去了幸福。

这时一位护士走到宽宽的楼梯口，告诉我们可以上楼了，每三个人一起进入叔叔的房间。我们上了楼，在房间外面的客厅里站着，这个巨大的客厅里没有一把椅子，显得特别空旷。另一位护士一边绕着圈儿，一边用相当响亮的声音在打电话，这一举动显然并不合时宜。马里欧看上去异常忙碌，在楼梯上上下下，打开巨大的内嵌式壁柜，在各种纸页、文件之中翻找着什么（从我这儿看不太清楚到底是什么）。终于轮到我去和叔叔告别了，我深吸一口气走进了房间。眼前的景象让我松了一口气，叔叔看上去很自然、安详、温暖，让人以为他很快就会醒来，就像平常那样去吃早餐。我把他的手放在我的两手之间，在他的额头上亲了一下后走出了房间。

葬礼会在三天后举行，我们亲爱的叔叔将被安葬在他多年前就置下的家族墓地里，在他妻子的墓旁。亲戚们要离开了，大家悲痛地互相拥抱着，约定在葬礼上相见，感谢医生在叔叔人生的最后一段时间给他的支持，然后互相挥手告别。而我则决定下午再走。

我躺在沙发上，想着第二天还有很多工作在等着我——依次有三个重要的工作会面。我最关心的是第一个会面，是关于我拥有的一块面积最大的场地的出租。我的工作可以说比较简单，但收入颇丰。我很幸运，很多人一定会嫉妒我的运气。我经营一系列不动产，包括从母亲那儿继承的可以做短租的三栋位于市中心的楼房。如果有会议、演讲或是其他活动的需要，我就按天出租。我生活得很舒适，但我没有从人生中获得快乐。我的爱情从来没有成功过，由于某些内在的原因，我无法满足我的爱人，这件事像是在我的面前竖着的一堵无法打破的墙。我一点都不幸福。尽管这样，我不认为自己有忧郁症，我想也许是对亲密关系的恐惧。对，没错，我无法与身边的人分享人生，我不知道该怎么做。

下午四点，我坐进了停在别墅边一排林荫树下的汽车，要在下山的小路上转半天才能开到国道上。离开叔叔家时，我的心情很沉重，不过对能及时赶到并在最后时刻陪在他身旁，我感到很欣慰。叔叔一直处在昏迷中，因此没有一个亲戚来得及和他说上一句话，即便这样，最后他的身旁还是围绕着他挚爱的亲人。这样做就算不是为了他，也是为了我们自己。

我查看了两种线路的交通状况后出发了。路上没什么车，是条令人愉快的线路。天气很好，清凉的风里洋溢着某种无法预期的愉悦。车子开到第一个路口向右转，经过一片梧桐树林后到了十字路口，从这里开始就是一条笔直的路了。过了岔路之后，我的脑海中浮现出第二天工作会面的事。突然，我远远地看见在长途汽车站里有个熟悉的身影在等车，那是马里欧。我迅速减慢速度，把车停在了他面前。马里欧过了好几秒钟才反应过来并认出了我，他立刻微笑着从座位上站了起来。

“你去哪儿？”我问他。

“去城里，我要处理一些周三的事情。”他用平和的音调说道。他手里拿着一个很大的文件袋，很显然是关于葬礼的一些公证方面的事。

“正好顺路，上车吧，我带你进城。”我向他提议。他迟疑了一下，似乎有些害羞，不过很快上了车，坐在副驾驶座上。

他看上去有些失落，怎么可能不失落呢？他和叔叔一起生活了这么多年。我发现他无法集中精力谈话，似乎对发生的事情还没反应过来，于是我就设法让他平静下来。

“马里欧，我知道现在对你来说是个艰难的时刻，叔叔就像是你的父亲，我理解你的感受，也许你比我们所有人都更难过。”

“是的，您看，我在那儿生活了大半辈子。”他用一种亲近的语气说着。我提醒他我们俩的年龄相似，和我说话的时候不需要用尊称，他笑了。

“葬礼前你会住哪儿？”我相当好奇地问他。

“在一个旅馆里住三天。然后，就不知道了。我会回趟家，很快的。”

我注意到这个谈话让他有些紧张，马上想到叔叔的去世对他来说，无论在感情还是在工作方面，都好像他脚下的一块地塌陷了似的，而我前几天竟然没有考虑到他的状态。

“你知道，”他说，“我不知道以后做什么。我很小就住在这个家了，我这一生除了学会帮叔叔打理家事之外，不知道还能做什么其他的事。现在我不知道该怎么办。”

“我明白，马里欧。”我抿紧嘴唇忧虑地看着他。这个变故对他而言真的很重大，叔叔的家，他肯定不能再住下去了，即便可以住下去，不久之后他也必须找个可以谋生的活儿。尽管马里欧始终在叔叔身边尽心尽责地工作，但让我诧异的是，叔叔对他亲爱的仆人的将来并没有做任何安排。

进城后，虽然马里欧坚持说让我把他送到市中心随便哪个地方都行，但我最后还是把他送到了他住宿的旅馆——那是位于城市东边的一幢中等规模的房子。我和他约定在三天后的葬礼上见面，然后向他告别，他谢过我之后拎着一个小行李箱向旅馆大楼的入口走去。

我到家时还不算太晚，但不知什么缘故，我感觉疲惫不堪。一定是死亡的沉重感和精神压力加重了我疲惫的程度。我打开热水器准备洗个澡，这是我非常需要的。然后我打开冰箱迅速地吃了点东西。在等热水器加热的工夫我走进了花园。这房子对我来说大而无当。这是事实，绝非胡思乱想。我孤独地生活在过去中。我的人生像一股永不停歇的水流，让我无法掌控。花园很美，但需要打理，而我也从来没有欣赏过它。我的脑子里永远都是工作。我对爱情充满了愤怒和憎恨，几乎体会不到日常生活的乐趣。有几次我忘记了所有这些痛苦，突然想起人生或许是甜蜜的，无须付出巨大的努力，没有那些遏制感受的无尽压力。但转念一想，发生在我身上的情况并不少见，很多人为了事业或者是感情方面的安全感，忍受这种现代精神疾病的困扰。我觉得自己最好还是去看下医生，以确认并系统性地解决折磨我的问题。

好在第二天我的心情就改变了，虽然不至于兴高采烈，但前一天下午的悲伤渐渐平复了些。天气也真帮忙，阳光灿烂，我满脸微笑地到达会面地点。会面的结果令人满意，比我期待的好很多。我没费什么吹灰之力就按预期的价格和对方签下了合约。为了犒劳自己，晚上我去了“佩特拉”——当地一家我十分喜欢的餐厅。我在那里吃了甜点，抽了几根雪茄，一直待到很晚。不知为何，我感觉很平静，我的心在和谐地跳动着。我步行回家，那是个甜美的夜晚，人行道上挂着的一些小灯笼照着临街公园的入口，稀稀拉拉的几个人穿过青石板路走进树林，大多数是拥抱着坐在长凳上的情侣。这天晚一些的时候，我躺在床上，内心依旧平静，感觉自己被一种安宁的气息吸了进去，没过多久我便闭上眼睛睡着了。

2

新的工作

叔叔的葬礼上来了很多人。周末去叔叔家的亲戚，除了少数没法赶来的，大部分人都到了。还有很多在叔叔事业顶峰时期共事的同事也来了。大家围成几个圈儿站着，互相亲吻问候，好多是多年未见的熟人。尽管叔叔的一生让人羡慕，他也算是寿终正寝，但气氛还是令人难过。太阳火辣辣地照着我们，每个人在深色西装里都汗流浃背。我把领带放松了一点，向叔叔家的几位邻居问好，我记得以前在叔叔家见过他们。过了一会儿，医生到了。他紧紧地握住我的手，成熟的脸上透着真诚的微笑。我发现马里欧站在我对面，正在和一个我不认识的人说话，过了一会儿，他一个人站在那儿看着其余的人。四十五分钟之后，大家准备离开，我和表兄妹们相约尽快在一个欢乐些的状况下见面。大家微笑着挥手告别，参加葬礼的人群逐渐散去。我的目光再次落在了马里欧身上，我即使不特别了解他的个性，也能从他身上看出明显的担忧和焦虑。我很奇怪这么长时间怎么没人注意到他的神情。我走近他，轻轻地碰了他一下，他一开始没反应过来。

“马里欧，你怎么样？还好吗？”我尽量显出愉快的样子。

“哦，还行。”他有些吃惊，一脸的担忧和犹豫，有点像个孩子。

“你要回叔叔家吗？你怎么回去呢？”我用一种果断的口气继续问道，我感觉他喜欢这样。

“那几位先生会带我回去的。”他把目光转向叔叔的几位邻居，向我示意。我点点头表示明白他们是谁。

“就是说，你还会住在那里，你觉得那样会舒服吗？”我直视着他的眼睛，用同样的语气继续问，他看上去又有些失落。

“是，我还可以在那儿住几天，就几天。”他答道。

接着，我想不起当时怎么会有这种反应，也不知道自己的脑子里怎么会生出这样的念头。我对他说：“听着，今晚你来我家住，我想和你谈谈。你去告诉那几位先生，你不跟着他们一起回去了。”

他吃惊地看着我，我注意到他的眼睛里闪出一丝亮光。他迟疑了一下，像是想确认一下我说的话，然后走向几位邻居和他们说起话来。

在回去的车上，马里欧还是显得局促不安，见我一副悠然自得的样子后才慢慢平静了下来。到了家，他好奇地环顾四周，连一个小细节都不放过。

“你看，我也有个花园。”我微笑着对他说，建议他走进去。

“是，真不错。”他兴奋地答道。

开了门，我们走进屋子。我脱下西装，让他坐下等我，我上楼换衣服。他默默地在沙发上坐下。不一会儿，我换了一件短袖上衣下楼来到客厅。

“我来煮点咖啡，好吗？“我迅速而愉快地说道。他同意了。随着时间一点点过去，他显得越发自在起来。我把咖啡杯放在他面前，给他拿来了白糖让他自己加在咖啡里，然后坐在他对面的沙发上。

这座房子的一楼是由宽大的客厅、厨房和后面靠近楼梯的一个休闲空间组成。室内的装饰也许有些过多，不过还算有品位，这要归功于那个刚和我分手的女朋友，她把一个传统式的客厅改造成带有田园风格的独特空间，毋庸置疑让整个环境变了个样。楼上是我的卧室和书房，还有一个多用途的房间，可以根据不同的需要来使用。

“我很理解你的处境，马里欧，我这么说并不是想让你感觉好受些。”我对他说。

没必要浪费时间进行无意义的对话。他认真地看着我，没说什么。我喝了口咖啡继续说道：“我也不想说太多的开场白，就说说我是怎么想的吧。”随着谈话内容的展开，我看见马里欧的手指紧紧地扣住咖啡杯，他想象不出我这葫芦里卖的是什么药。

“我一个人住在这里，也没有什么人来。特别是前不久我刚和女朋友分手，更是孤单一人。你看这房子很大很漂亮，只是有点乱，因为工作的关系，我每天一早出门，半夜才回来，经常是一整天不在家，我已经习惯这样的生活了。幸运的是，我的工作有时候会有些自由时间，那时候我就可以做自己想做的事。”他继续听着，没任何反应，我很喜欢他那种淡定的样子。我停了一下，然后切入主题。

“这么多年你照顾着叔叔的一切，对叔叔来说你很重要，他非常器重你。不过就像你自己说的，你没有学过做其他的工作，所以现在处境困难。尽管我一直想管好这个家，可我经常把事情搞砸，不是忘了购买生活用品，就是忘记支付账单，让花园里杂草丛生。我不能独自照顾好这一切，在很多实际的问题上我需要帮助。你可以在我这里，在这个家里继续你的工作，你觉得怎样？我会付给你优厚的薪资，比你在叔叔那里挣的更多。尽管我不知道叔叔付你多少薪水，不过我向你保证，你一定会拿到更多的报酬。”他听着，我没给他插话的机会，我想让自己说得明确无误，不要有什么含糊不清的地方。

“当然你会住在这里。后面那个空间，可以放一张折叠床，碰到亲戚来的话一般就睡在那儿。你也可以睡在客厅的沙发上，不过我认为睡在床上会更舒服些。楼下还有个浴室，没人会打扰你。大多数时间我待在楼上，那是我的大本营。”我微笑着结束了发言。

“你看我说了这么一大堆，也没给你留点时间想想。我只是想让你有个完整的概念，别有什么疑虑。”

他微微抬了抬身体，调整了一下位置让自己坐得更舒服些，挤出了一丝微笑，想显出高兴的样子。

“真的吗？这真是出人意料，我不知道该说些什么。”他还是有些手足无措，不过很显然，他的心情好了很多。

“如果你对我的提议不感兴趣的话，我会把你送回叔叔家，继续你的道路，你可以自由地做你想做的事。”

“不，不……不是，我只是没想到，这太让人吃惊了，我是说真是太好了。”他的眼中闪着光芒，掩饰不住兴奋。

他的反应也让我对自己的想法更加确信。“按照惯例，我每月付你工资。我们要再具体谈一下你的工作细节，也许就今晚吧。现在我要上楼处理一些工作上的事情。”

“好的，没问题，谢谢。”他轻声说道。

我站起身告诉他必须去处理一些未完成的工作，就把他一个人留在客厅里喝咖啡，独自上了楼。

大概一小时后我回到客厅，见他仍坐在原来的位置上，头倾斜地靠在沙发背上，就像一只等待主人的小狗。就在那个晚上，我们确定了马里欧今后的居所。为了让他对这份工作感到满意，并全心全意地工作，我同意付给他比之前多三分之一的工资。

那天晚上我叫了外卖，然后我们坐在餐桌旁边吃边谈他的工作内容。首先马里欧要负责房子的清洁，这很重要，之前我请一个钟点工每个月来家里打扫三次，现在就不用支付这笔开销了；整理和维护花园也很重要；还有负责采购食物和生活必需品；另外一点很有用，马里欧会烹饪，这是我之前忽略的。当然，他的工作范畴并不仅仅包含这些，他还要帮我处理一些个人事务，比如支付账单，和银行、税务局等政府部门打交道，总之是那些不需要我直接出面的事情。每逢单周的周末他可以休息一天，碰到双周的周末他就要在中午前处理完所有的事情才能休息半天。他几乎没怎么考虑就全答应了，我确定这不仅仅是因为突然获得一份急需的工作后的狂喜，而是他真的喜欢在这里工作。我也终于可以松口气了。那天晚上，我让马里欧在沙发上过了一夜。我想着他要做的第一件事，是回叔叔家取完自己的东西就过来。没想到他说时间不够，向我多要了两天，说他不能就这样离开，要先把一些悬而未决的事解决掉。我觉得他的要求并不过分，让他别紧张，给了他四天的时间，到下周一来上班。他非常感激，答应周日下午就返回。不巧第二天我有很多工作，没法送他，他只好自己坐长途车回去。

随着时间的推移，马里欧的窘迫慢慢地退去，恢复到了他一贯恭顺的模样，这是我所希望看到的。这不仅显示出他谦虚的为人，也说明他很清楚自己的角色：他不是我的朋友，他要为我服务。他能明白两者的不同令人高兴，从我这方面来说，我很乐意提供给这样的人一个工作机会。那天晚上我们俩很早就睡了。第二天一大早我起床下楼时，发现他已经准备好了，坐在原来的位置上等我，似乎没有我的允许他不敢轻举妄动。我们很快出了门，我把马里欧送到车站，和他再次确认好周日下午返程的时间后，我拿出点钱作为定金给他，但他没有接受。

周日前的那几天，日子在平静中度过，对雇用马里欧这个决定我一点也不后悔。相反地，这件事情让我相当期盼。以前我没有类似的经验，我从来没有让人住在家里为我工作过。不知道这样的安排会不会影响到我的日常生活，会不会有一种隐私被触碰的奇怪感受（这像是一个试验，希望有个好结果）。当我更加冷静地想到自己讨厌处理规章流程之类的事务，并且经常拖延——实际上这让我很烦恼，雇一个助手的确是现阶段我极其需要的。我的决定显然很正确。

我在客厅靠近楼梯的地方放了一张床。这个位置很舒适，不同于房子的其他地方，这里温度适中，一点儿都不潮湿。马里欧很讨人喜欢，对人不存怀疑，也许这得益于叔叔的教导，也许来自他的母亲——那个优秀的女人的影响。他有着令人赞赏的谦恭的气质，眼神和脸上透出平静的表情，像个孩子。我对他的这个印象一直保留到周日。当他提着一个巨大的行李箱出现在我家门口时，他的眼睛闪出从未有过的期待的光芒。天气突然变坏了，噼里啪啦地下起雨来，还好在雨倾盆而下之前他进了家门。

“欢迎。”我微笑着对他说，然后告诉他把行李放哪儿。

他微笑着迟疑地向前迈了两步，我让他去沙发那儿坐下。他看上去情绪不错，像是下了决心，比上一次自信了很多，但依然像只小狗般有些忐忑不安。

“你终于来了！”我笑着说道。马里欧兴奋地看着我，让自己在沙发上坐得更舒服些后开口说道：“是的，一切顺利，谢谢您。虽然有点突然，不过我很高兴现在有一个新家了。”他的语气里有一种我没料到的亲密，把我吓了一跳，但我转念一想，这可能是他适应新环境的表现。

“所有的问题都解决好了吗？该办的事情都办完了吧？”在这种良好的气氛中我继续着惯常的对话，也许我们俩都很喜欢这种新的状况。

“是的，都解决了，我不会再回去了。”他迅速答道。我们的对话在这里停顿了下来，然后我告诉他我要上楼一下。

我思忖着，我需要对这个和自己外表长得很像的人好一些，不过，他既不是什么亲戚，也不是什么知心朋友，他只不过是我的员工，既然我这样定义他，就应该马上让他明白这一点。像是读到了我的想法似的，正当我从沙发上站起来的时候，马里欧说："那我去做饭了。"

他像弹簧般地站了起来，向位于客厅尽头的厨房好奇地看了一眼。按照惯例，首先我要带他看一下房子，让他对整个空间有个完整的概念。于是我带他到了楼上我的卧室，从他的表情可以看出他很震惊。接着我们去了办公室，和一间平时堆放着装有冬季服装整理箱的客房。随后我们下楼，我向他展示了厨房的细节，以及各种物品的摆放位置。说实话，这间厨房不能再空置着了，的确需要有人去使用。马里欧开始做饭了，他东翻西找地竟然找到了些食材，不到半小时就做了一盘独特而美味的鸡蛋饼，我尝了一口惊叹不已，可他却不好意思和我一起吃。在我的一再坚持下，他终于坐到了桌边。我对他的厨艺赞不绝口，他很高兴。尽管他的情绪很好，但显得很疲惫。

结束了这顿简单的晚餐之后，我向马里欧道了声晚安便上楼回到自己的房间。在进入梦乡前，我一直被某种奇怪的感觉包围着：有个人和我同居一室，这个人既不是我的情人，也不是某位至亲好友，他是我的雇员。我还没适应和这个对我来说全新的角色共居一室，也不知道不久的将来会怎样。但有一点我可以确信，明天马里欧一定会早早地醒来，在楼下等我。

的确如此，早上马里欧坐在沙发上等我，桌上是为我准备好了的咖啡和橙汁。

"我本来想做得丰盛些，可厨房里找不到什么东西。"他说。

我干咳了一声，系上领带，在桌子边转了一圈后坐下喝了一口橙汁。

“我们需要购买一些东西，主要是食物，还有家里的日用品。我给你点钱，你决定具体买什么吧，我就不插手了。等会儿我顺路带你去超市，超市离这儿很近，走路就可以到。不过你一个人拿不了那么多东西。我去银行办事，大概一小时左右回超市接你，同意吗？”

从一开始我就给了马里欧足够的自由，同时还有管理这个家的责任。既然他已经和我住在一起了，我的这个举动就是想让他尽快适应，否则没有走出这一步的必要。的确在随后的几天，我的计划开始完美地落实。

我们俩的雇佣关系还处在萌芽阶段，看得出马里欧对我很感恩，很努力地工作。记得刚开始工作的头几天，他每天都累得筋疲力尽。我会高兴地和他交流几句日常的对话，然后开始享受他的劳动成果。屋子被收拾得很干净，每天我吃着新鲜的饭菜，花园也开始有了生气，马里欧每天花很长时间给植物松土、浇水。我不仅没有任何可抱怨的，相反地，我对眼前的一切感到很振奋。

马里欧为人谨慎，从来不随便打扰我，把自己的物品也收拾得井井有条，比我想象中的更安静更自觉。开始几天，我总会不知不觉冲动地告诉他自己的行踪，比如“我现在要去赴一个重要的约会，大概三小时后回来”，或者“我有些头疼，今晚会早回来，晚上见”。慢慢地我意识到没必要这样，我要时不时提醒自己，马里欧不过是个雇员，我不需要向他说明自己的一举一动。

周末到了，我提醒他可以休息或外出，总之是他的休息日，他可以做任何想做的事。但事情有些好笑，马里欧竟然情愿坐在沙发上看电视，他连附近都不想去，更别说去市中心逛逛了。

我很好奇，当年他和叔叔住在一起的时候，难道没有自己的生活吗？有没有朋友、情人？我不知道他是怎么生活的。周六晚上，当我在房间里结束了一些合同的审阅工作走下楼梯时，我直截了当地问马里欧："你不打算出去了吗？"

很显然他没预料到我这么问他，用那种熟悉的窘迫的样子答道："我能去哪儿呢？"

"我不知道。难道你不想出去逛逛吗？我只是问问，因为整个星期你工作得很辛苦，应该出去透透气。"

他看着我的样子像是我说了什么疯狂的话似的。

"我没地方可去，我喜欢这里。"他脱口而出，停顿了几秒后他把目光再次转向电视机。

"你在叔叔那里的时候，也不出去吗？"

"那里除了零星几座房子和田地，什么都没有，我能去哪儿呢？"

他说得没错，我也不知道自己为什么纠缠在这些问题上。但像见了鬼似的，我继续追问道："你没朋友吗？女朋友呢？"我的最后一个问题有点像在刺探，让他和我分享他的私生活。

"没有。很久之前有过一个。那地方连人影都见不着，有几户人家，不过全是老人。"他真诚地答道。可不是吗？他的回答听上去合情合理。

在那个荒凉的地方怎么可能找到朋友或女朋友呢？不过，我很难相信这样一个年纪的男人竟然像一个家禽、像一个老人的附属品一般生活，然后到了我这儿，继续扮演同样的角色。马里欧刚来的那段时间我觉得他很可爱，可他对个人生活的无动于衷慢慢地让我生起气来。这是一种让人无法解释的本能的反应。值得一提的是，马里欧的工作越来越有成效，家里散发出一种生机，我甚至考虑到月底给他加薪。然而，他仍旧固执地待在家里，面对着一台电视机，从来不和其他人接触，更别说出去几小时和别人聊天了。很快我就受不了他这样了，尽管这和我没什么直接的关系。我怀疑这种奇怪的感受来自我对任何不在乎的厌恶，我是个行动力很强的人，我很难安静下来，甚至可以说有点焦虑。

总而言之，当我看到他努力工作为这个家奉献那么多的时候，我很感动。但一看到他坐在沙发上，我的火气就上来了。我想，我对他的这种被动的态度不满是有原因的，我们俩像两滴水珠般相像。这种认识加强了我的感受，看到他就好像看到了被替换的困在四面高墙内的自己。

一天下午，我很早到家，我用一种轻松的口气问他："马里欧，你看看我们俩，有没有发现什么？"他眯起眼睛，嘴唇轻轻发出"啪"的一声，微微张开嘴像是在吞咽空气，似乎这样能让他更好地集中注意力来回答我这个突如其来的问题。我没让他多想，把他带到床边挂在墙上的一面镜子前，拉到我身旁，像在比较我们的身高。他似乎觉得这挺好玩。

"你注意看看，我们俩长得是不是一样？"

"这个啊，是的，我知道。"他的语气有点失望，显然他期待着什么更有趣的事。

"哦，你已经注意到了？那你不觉得有意思吗？"

"很久以前，我第一次在叔叔家见到你的时候就注意到这点了。”他心不在焉地说着，好像我们在白费力气谈论一件不言而喻的事。

可我还是坚持，我对这个奇怪的巧合比马里欧更感到兴奋，我像个孩子般长时间地观察两人的相像之处，这个游戏对我来说很有趣。但马里欧毫无兴趣，他无法理解我为什么会对这件无聊的事情如此兴奋。

那是个愉快的夜晚，空荡荡的房间里充满了生气，让人感觉回到了没有压抑和孤独的日子，我的心情变得很好。即便和马里欧没有共同之处也没关系，光是他在这个空间里就足够了。我们一起在大餐桌上吃了晚饭，然后我像往常那样上楼继续工作。家里的生活步入了正常的节奏。

在马里欧入职后的二十天里，一切都很好，只是在和一家公司的谈判中出现点麻烦。那家公司想用非常低廉的价格租用我的一栋房产，每次与他们的会谈都以不欢而散告终，并连着破坏了下午的愉快气氛。这也许要怪罪于我的火爆脾气（我承认是我的错误）。

回家的路上，我被一场突如其来的大雨浇了个透，倾盆而下的大雨迅速将城市淹没在黑暗中，一条条暗黑的水流在马路上涌动着。到家时，马里欧正在看电视，完全沉浸其中。我费劲地脱下滴着水的衣服，不一会儿在我脚边的地上就形成了一个个水洼。

“你还看什么？赶紧过来帮忙，没看见我成什么样了？”我冲他喊道。他惊慌地站了起来，走过来拿走了湿漉漉的衣服。

“你别再看电视了，看你整天坐在同样的位置上让我真受不了！”

他吃惊地看着我，不敢相信所听到的这些，我的举动把他吓坏了。他把我的衣服拿到浴室里，我跑上楼去换衣服。当我下楼的时候，电视机已经关上了，马里欧坐在厨房的一把椅子上发呆，我走过去坐在他对面。

“对不起，我今天过得不太好，工作有点不顺利。”我碰了一下他的肩膀。他没说话，想向我微笑，可又像是不能确定这样做是否合适。

“我刚才关于电视的说法，就当我没说。你可以做你喜欢的事。这大雨加上今天的工作会面，我心情很糟糕，我想你能理解。”

“是的。”他答道。

马里欧又恢复到了之前的样子。但是从那天起，有些事情被不可逆转地改变了，我们俩的小世界被划开了一道口子，糟糕的是我从没预想过发生这样的事情。毫无疑问是我的过错，错在我的个性、我过激的情绪，我无法厘清这些，完全是一片混乱。

那天下午，尽管我努力申辩并企图回到原来的状态，但电视机还是关着的。随着时间一点点流逝，我变得越来越生气，最后我打开了电视机，坐在沙发上看了起来。但马里欧根本没靠近，而是在厨房里不停地忙来忙去。最终我站了起来，生气地从牙缝里挤出几个词后再次上楼回到了自己的房间。我很恼怒，将房门重重地关上后在沙发上坐下。我对自己很生气，马里欧也没让我的兴致变得更好些。好吧，正好碰到了我情绪不好，可也没发生什么啊！我们都是普通人，哪能不犯错？可他也不至于像只被惩罚的小动物那样坐在椅子上。不管怎样，是我救了他，是我把他带到这个家里，我发个火又不是世界末日。说实话，我真想下楼大声喊叫，为了这件可笑的事我竟然受到了惩罚。马里欧敏感、脆弱的性格让我的内心充满了内疚，令我崩溃。

整个晚上我过得很糟糕，对第二天要继续忍受折磨和那家公司谈判充满了强烈的担忧，直到很晚才睡着。第二天起床后，我看到早餐已经备好摆在桌上，但马里欧不在厨房。我小心地找了找，发现他正在花园里给花浇水。

和那家该死的公司的会谈并没有让我的心情有所好转。我很少碰到类似的困难，这些人让人讨厌，一开始我们已经谈好了价格，但接着他们开始压价，狠狠地逼我降低价格。问题是我还不能把他们撵走，因为我已经拒绝了另一家公司在同一时期的租赁意向。

第二天的会谈还是毫无进展。那家公司派了两个蠢货来谈合同。一个是衰老不堪的老头，他每次开口说话前，都从厚厚的嘴唇间伸出恶心的舌头在空中转几个圈。另一个是令人讨厌的年轻人，他试图用一些无聊的笑话来缓和谈话气氛，让我很想站起来痛揍他们一顿。不过我已经学会在谈判的时候保持耐心，但我也不会轻易向这些骗子妥协的。结果那天下午我心情很坏地回到家，一进门看到电视机还是关着的，我忍着没说话。

马里欧搬到家里后的二十多天，我开始意识到自己的不对劲，以前我总是把自己关在家里，越是孤独越是封闭自己，唯一关心的只是盈利。以前没表现出来，但他来之后，这些问题便浮现出来。是我的错，我从小一个人长大，长大后也总是一个人。也许是因为我没法接受这种状态，我失去了那个女朋友，不，请别误解，对这件事我一点都不后悔，只是我又回到了零点。日子过得一天比一天乏味，我怎么才能继续在这种状态下生活下去呢？或许是出于这个原因，我雇用了马里欧，好让我有个“宠物”，那现在我就不能指责他的态度。不过众所周知，理论和实际行动之间的距离是巨大的，所以当我走进屋子看到马里欧像个悲伤的寡妇般坐在厨房的桌子旁时，之前所有的理性想法全都烟消云散了。我走到他身边，像是想在他面前删掉某个具体的形状似的，在空中挥舞着双手，用严厉的声音说道：“马里欧，今天我很累，我们就不要重复昨天的事情了。坐到沙发上，我们把电视机打开。我看你已经做好饭了，虽然我的心情不是很好，不过我会尝一口的。”

马里欧却依旧纹丝不动。我用力把一张椅子摔在地上，看都不看他那副惊恐的表情，三步并作两步地上楼进了房间，锁上了门。我的头在轰鸣，天哪，我无法控制自己的行为，一定出了什么问题！那个晚上比前一晚更糟，我想向你们也向他说明，这完全不是我的初衷。我正处在一个迟早会平息的危机时刻。马里欧必须离开，唯一让我感到内疚的是他不得不在这种不幸的处理方式下离开。他不是个思维活跃的人，这些年在叔叔那儿一直过着平静的生活，从来没接触过像我这样癫狂的人，因此我相信第二天他一定会向我宣布离开的。一想到他即将离开就让我感到一阵轻松。我像个青春期少年般那样把自己锁在房间里，就为了摆脱这个三周前我亲自雇来为我服务的人。整件事处于一种不成熟的疯狂和奇怪的状况中。我会很乐意按照之前商定好的付给他全额工资，也许是双倍工资，然后再诚挚地向他道歉跟他告别。这样的可能性、这种新的预见给我带来了精神上的平衡，而事已至此、事与愿违的想法也让我的思绪平静下来。我要放手让他找到幸福，结局又不是那么悲惨，至少他会得到足够多的钱作为赔偿，这是相当重要的细节。

但是人生就是如此让人无法想象地奇怪。第二天早上，当我迈着迟疑的步子下楼来到客厅时，看到马里欧站在电视机前，嘴里塞满了橙子，他满脸的笑意蔓延到了我周围。

“我给你压了杯橙汁，还做了煎饼。”他的语气里充满了愉悦。

我半闭着眼睛，像是只有这样才能更准确地明白发生了什么。我迈着懦弱的步子走向厨房，桌上果真放着一盘热煎饼，我拿起一块放进嘴里，味道好极了。马里欧看也没看我，只是对着电视机里的节目笑个不停。我喝了一口橙汁，非常新鲜可口。我全然忘记了前一晚的想法，心中建立的那座迷宫轰然倒塌了，什么解雇、赔偿的想法全部取消。真是一团糟，我的内心异常混乱。让我告诉你们后来是以什么样的场景结束的：我把煎饼盘子拿到客厅，和马里欧一起坐在沙发上看了大概半小时的电视，我们被看到的搞笑内容逗得笑个不停，直到我换上西装，热情地冲着马里欧笑着告别。如果说是因为这种好情绪引导着我一整天，最终令我和那家公司的人员签下了一份满意的合同，丝毫不为奇。就这样，昨天的不幸得到了补偿，一切又安全地回到了它原来的位置。

虽然还没过一个月，可我有种和马里欧共同生活了很久的错觉，也许当一个人的日常生活被改变的时候就会有这种感觉。尽管我们很容易地消除了误解，没有造成更坏的局面，但从那天起马里欧变得更谨慎了。他看电视但从不超时，努力表现出愉快的样子（我不是说他不愉快），和一开始比起来，他显得更加小心翼翼。如果我的叙述到此结束的话，也许皆大欢喜，我们可以想象这样一个大结局：各司其职的主仆间的完美关系。但正如每个故事都有我们无法回避的黑暗部分，我与马里欧之间的关系并非完美。我不想就此进行心理方面的分析，而是根据事实来陈述，显然我们之间的问题是由我心理失衡加上马里欧个性中被动的因素所引起的。

这起事件发生在马里欧搬进来正好一个月之后。我努力劝说他，如果他想在个人生活上有点发展的话，必须从这座房子里走出去。我不确定自己的意图，也没向他做解释，只是坚持我的观点，反正我又不是那个决定他人生图景的人。

那天我结束了一场乏味的会议——去参加只是为了完成自己的本职工作，疲惫地回到家，坐在厨房的椅子上。马里欧端着一盘土豆忙来忙去，而精疲力竭的我则刚度过了毫无意义的一天，这个画面突然令我感到悲哀。就这样我开启了关于私人生活的话题，马里欧像往常那样装傻，佯装没在听，而只关注撒在那堆愚蠢的土豆上的盐的计量。

第二天是发第一个月工资的日子，凭他工作的表现他理应拿到更多的钱，于是我借机展开了话题："马里欧，现在你拿这些钱打算做什么？"我像个令人讨厌的法官那样直截了当地问道。我知道自己没有权利这样问他，也没有权利评价他的人生，但像是中了邪一样，我控制不住自己的嘴，好像和他有什么过节似的。

马里欧没有回答，朝我看了一眼，有点不高兴。我有一种到了入口却不让我进去的感觉，不仅如此，他还有些嘲讽地看着我，像是当面告诉我他不屑理会我的神经质，这是以前没有过的。这种嘲讽竟然来自一个在我看来很懦弱的人，就像一把尖刀深深扎进了我的心，我的血液沸腾起来。

“你就把自己关起来吧，你不适合去外面，因为你没法和普通人进行正常的交流。”我对他说。

他不喜欢我这样穷追不舍，我的话让他乱了分寸。他不知道该怎么办，脸上红一阵白一阵。我一开始还有些害怕，后来变得越加愤怒。我知道他性格顽固，但简直是病态了。我不能忍受这样的怠惰。我的情绪带着攻击性，虽然脑子里有个理性的声音在提醒我远离不理智的冲突，但愤怒还是占了上风，让我没法就此放弃。

“你要记住是我救了你的命，所以我在跟你说话的时候你要注意听着。”我已经不知道说话的人是不是我了，但声音的确是从我嘴里发出来的。

马里欧转过身看着我，像是看到了一头怪物，但还是一个字也没说，这一下我的怒火更旺了。他的姿态和对我的漠视，不知何故让我完全疯狂了。我知道自己有些心理问题，但那个时刻已经气得没时间考虑自己的行为是否合理了。

“你干什么这么看我？”我继续说道，不能相信这些话是怎么从我的脑子里涌出来的，“你还不明白是我买下你的吗？是的，我把你买下来了，现在你属于这个房子，属于我！如果你离开这里，你只能提着行李在市中心广场边的长凳上睡觉。”

马里欧转过身去，嘴里发出“刺”的一声，像是没法再继续听下去了，开始煮冲咖啡的水。

接着就到了我人生最糟糕的一刻。我心想如果语言起不到作用，那么只能使用更有说服力的行动了，于是不假思索地从椅子上站了起来，走近马里欧，抓住他的手将他的手掌使劲按在灼热的炉子上。一声惨叫突然把我从疯狂中惊醒，我赶紧把马里欧拉开，感觉刚才像是做了一场梦。

"对不起，对不起！"我大叫着。马里欧捧着他的手倒在地上，我惊慌地打开冰箱找冰块，然后在水龙头下用水浸湿了一块毛巾。马里欧的手掌被烫得通红，他疼得眼里充满了泪水。我飞快地抓起车钥匙让他跟着我。

"对不起，马里欧，对不起对不起，我不太对劲，你必须离开这里。"

我的心脏剧烈地跳着，真希望这时地上出现一条裂缝把我吞掉。我启动汽车迅速开往医院。马里欧坐在我旁边，他的手掌通红，皮肤上有好几处被烫出了泡，疼得他直咧嘴。幸亏我们很快就到了医院，医院外科没什么病人，大概等了五分钟就轮到我们了。医生检查了马里欧的伤口之后在他的手上涂上药膏，马里欧忍不住又呻吟起来。我坐在办公桌前替他登记信息，医生问我发生了什么事，被正在接受伤口处理的马里欧听到了。

"我们在聊天，是我忘记炉子开着，不小心把手放在上面了。"马里欧迅速地回答。医生听了直摇头，像在责怪他。在医生清理了马里欧的伤口、包扎好他的手并配给他两管药膏后，我们离开了医院。

在回家的路上，我沉默着，马里欧眼睛一动不动地看着车窗外无人的街道。我咽了咽口水，轻声说道："除了向你道歉，我不知道还能说什么。你最好别在我那儿住了，等你的手好些了你就搬走吧。”

他没说话，我认为事情就这样了。到家后我做了点吃的，可实在无法下咽，只好给马里欧点了外卖。这个小小的关心看起来很假，但我没有其他选择，我感到心力交瘁，很快就要崩溃了。

“对不起，马里欧。”这句话我对他说了一遍、两遍、十遍，接下去是自罚性的沉默（在这期间外卖送到了，好在马里欧吃了点），然后我上楼回到了自己的房间。一股厚重的、艰涩的苦味在我的五脏六腑里翻滚起来，我扑倒在枕头上，无声地哭了起来。

我哭了很久，直到天快亮的时候才被这噩梦般的夜晚弄得疲惫不堪地睡着了。我无法思考，没有力气去分析和解释，我就像个被打败的拳击手，浑身上下满是伤痕地从拳击场被扔到一个黑暗肮脏的房间的一角。这是令人哀悼的时刻。一个月前我想出了这样一个倒霉的主意，雇用了这个男孩，事实上他还没来得及完全长大，还是个男孩。在接下去的日子里，我在自己的和他的精神痛苦中挣扎。我不能进一步追究这些问题了，唯一可以确定的是他必须尽快离开这里。也许随着时间的流逝，所有这些只会变成我人生中一个黑暗的印记，在我的记忆中慢慢模糊，最后完全忘记。

3

糟糕的生活

早上醒来后，我羞愧得没有勇气下楼，匆匆洗了个澡穿好衣服，深吸了一口气后走下楼梯。电视机是开着的，我瞥见那只包着纱布的手惊慌失措。马里欧的模样看上去像往常一样，听到我的脚步声后，他回过头来。他看上去笑得有点勉强，不过让我更多意识到的是，这是一个尽在掌控之中的信号，无须恐慌。

我用眼神向他致意后直接向厨房走去。像往常一样，厨房的桌子上摆着准备好的早餐。我坐下后朝马里欧看去，只见他的膝盖上放着一个装有面包的盘子，他正在小口小口地吃着。艰难的一天摆在我面前，我不能让时间白白地流逝，和马里欧的事必须尽快处理掉。于是我决定用直截了当的方式和他对话：

“马里欧，昨天那件事发生之后，我想……”

“你看，你看他们在干什么？挤在一起推那辆卡车！你看呀！”他打断了我的话，评论着电视节目，根本不关心我的那段开场白。

他像是要放声大笑了，我的目光停在他张开的嘴上，接着他大笑起来。我的目光转到了他那只绑着纱布的手上，眼前的情景实在太荒谬了，我努力提高音调回到之前的重要话题。

“马里欧，昨天那件事发生之后，我想你最好尽快离开。”我把每个字都说得格外清晰。但马里欧只是换了台，然后站起身走到厨房，从冰箱里取出了一些蔬菜，紧接着像是在思考什么似的，打开冰柜从里面拿出几大块肉来。

“今天我要做几样好菜。”他怀着无比喜悦的心情说道。

我不知道怎么面对他这种怪异的行为，一方面他完全推翻了我之前所有的想法和决定，令我很困惑；但另一方面，他解除了我面对他时的那种内疚之情，以及对自己的谴责，让我松了一口气。但是，这人搞什么鬼？到底怎么回事？

“马里欧，我要跟你说些事，你在听吗？”但我的努力毫无进展，马里欧不仅不想听我说（这很显然），相反还想把他这种不合情理的快乐传染给我。他快速地切着蔬菜，我听到他嘴里还哼着歌，他这反常的行为惹得我忍不住要笑起来。有件事是确定的：眼前的一幕把我内心对昨天发生的事情的负罪感驱散得一干二净。于是我放弃了努力，而是顺着他的意思问他打算做什么菜。他回答我说会是个惊喜。我从桌上的篮子里抓起一个水果，告诉他小心自己的手之后便离开了家。坐进汽车后，我感到一阵轻松。没有内疚感，不必承担任何后果，这种感觉太好了。

新的一天从困难的工作开始，我开启了和一家来自高林市的公司的新一轮艰苦谈判。高林是一座远方城市，过去我和那里的生意人的商业交往总令我气恼，所有和他们的合作都会出现问题。自从马里欧搬入家中，我对工作的焦虑在持续增加，特别是那天，我实在快要崩溃了。但我的事业心在变强，业务发展在扩大中，我不断把触角伸向新的客户，这是相当大胆的举措。但这些人非常顽固、残酷，几乎把我逼疯了。起初我以为不需花费太多的工夫就能获得丰厚的利润，可随着时间一天天过去，证明了当时这个想法是多么愚蠢。

我们约在一个商厦的咖啡馆见面。我一向不喜欢这样的见面方式，但对方坚称去这个地方可以吃早餐。这次的洽谈是关于一个剧场的租用，这是我拥有的一处最漂亮的房产，但事实上租赁的价格一向都不太高。对方在我到达前已经到了，那真是一次可怕的会面。这些人根本不是来进行合理协商的，这令我一再后悔当初怎么会决定和他们合作。他们厚颜无耻，语焉不详，唯一感兴趣的只是把价格压到最低，完全没有对这座建筑物的了解和尊重。我气坏了，无意识中把手里的纸巾撕成了碎片。在我面前坐着的是两个年龄相仿的男人，当一个在解释他那些无法理喻的理由时，另一个不时地赞同道：“就是这样！”或是“太对了！”像是在我面前表演一场喜剧。可我更因被卷入这件事情中而生自己的气。他们强调由于剧场的空间比较小，不能容纳很多观众，所以不得不延长租期，这样无形中给他们增加了开支。听着他们这些不相关的论据，我惊讶万分。我多次提醒他们，很久以前他们手里就有了关于剧场容量的详细资料，显而易见，剧场可以容纳足够多观众，我们现在的辩论毫无必要。

但他们不光避开这样合乎逻辑的事，还像是听到了什么滑稽的东西般放声大笑，真是无礼之极。根据我的计算，如果降低价格，不光没有更多的利润，甚至比之前一贯的租赁价格更低。和这些白痴做生意，我想得太天真了。他们误以为我会投降并接受，因此带来了按照他们的提议价起草好的合同。当我看了那份合同后，我把那张破纸拽在手里，恶狠狠地看着他们，在他们面前讥讽地挥舞着合同告诉他们，今天是来商谈而不是来满足他们的一切意愿的。可他们继续同样的调调儿，说什么其他剧场的老板会很乐意接受这个价格。这次我可不客气了，我告诉他们去找接受这个价格的剧场，让他们离我远点，我情愿让这座美丽、独特的剧场空着也不愿租给他们。我激动并疯狂地说着，让他们感到非常吃惊，他们那样子同样让我觉得厌恶。他们没被我的话触动，只是在某一时刻其中一人脱口而出："是的，剧场的确很漂亮，所以我们才会选中这里。"但立即又回到之前的借口，说他们已经有了一个意向价格，没办法在这个基础上进行改动。我完全没有和这些人再继续沟通下去的意向了，我决定暂停商谈，考虑一下。向他们致歉后我走到了大阳台上。

城市里充满着生命。传入我耳中的声音犹如黑洞中发出的奇怪鸣响，又像是来自一个活生生的蜂巢，传递着一种稀释过的幸福。我的生活怎么变成这样了？我没什么本事，但我的境况还不错，拥有一般人期望得到的大部分东西。值得一提的只有一段未果的恋爱和马里欧。如果从正确的视角看的话，或许还有那份对工作的执着幸运地让我保持着时刻整装待发的精神状态。这就是全部，没有其他可以令我生存下去的动力了。

我不知道怎么去享受生活，所有我享受到的事物都有看得见的边界，食物、美酒、性爱……所有这些快感都有可知的极限。

当这成为意识中的真理时，我就很崩溃。

我手撑在阳台宽宽的大理石台面上，看着远方出神。我瞟了一眼里面，看到那两人坐在原地交谈，似乎是在密谋着什么，多么令人可悲的人！他们按什么方式学习的，就按照什么方式做事，这岂不是我们所有人的命运吗？

我走进去坐在原来的座位上，告诉他们我不接受他们提议的价格，如果他们想租用其他剧场，尽可以去租，而且我还会提供给他们信息，帮他们租到合适的场地。他们惊呆了，不是对我所说的话，而是对我的态度。我虽然表现得有些不耐烦但很平静，与刚开始谈话时的暴怒截然不同。其实我的内心十分担忧，一旦他们离开，我会因此承担并支付很多的开销而遭受巨大损失，但另一方面，我不想向这些蠢货让步。他们俩在我面前窃窃私语地商量着什么，十分无礼，显然不想让我听到，我的确是什么都没听到，其实我根本不在乎。最后他们提出给他们一点时间约下次再谈。尽管我对他们已经忍无可忍，却还是面带微笑着和他们握手道别。

下楼后我走在人行道上，两旁矗立着引人注目的店铺，人们手里提着购物袋在商店里进进出出，到处是说话声和笑声，我却和这种场景格格不入。我走进一家服装店买了两件衬衫，很快注意到收银台的女孩好像带着某种眼神在看着我，这让我很高兴。但我失去了和女人打交道的能力，我怒火冲天，心情跌落到了谷底。我急需帮助。

中午时分，我开车去了会计师那儿，向他了解一笔要付给银行的款项的事，幸亏这件事情上没出什么问题。随着时间的流逝，我越发感觉自己被人生中的出其不意沉重地压迫着。

早上进行了那场快速的会面之后，下午我匆匆喝了一杯咖啡去了另一个会面，给悲哀的一天画上了完整的句号。这是为了和租用“红楼”的客户完成常规的支付流程而进行的一次例行会面。但犹如晴天霹雳，他们直接告诉我，由于公司总部出现紧急状况，不会支付下个月的房租，并让我保持耐心。我简直不能相信自己的耳朵，这些话从最守约的租客的嘴里说出来，真是令人难以置信。我努力保持冷静，想了解更多的情况，以及出了什么事。我知道他们公司在这栋楼举办的活动都获得了巨大的成功，怎么会出现财政上的问题呢？他们告诉我，问题出在公司内部，和我这栋楼的租赁没有任何关系。我没有发怒，说实在的他们是非常好的客户，可以说是合作者的典范，我对他们没有丝毫怨言。但你们可以想象得到我到家时的疲惫样子，马里欧看到我的模样时都吓坏了。

“出了什么事？”他脱口而出。

我拖着步子来到了沙发旁，把鞋子脱了下来。

“糟糕的一天。”我说道，没做更多的解释。

他走到厨房给我准备晚餐，我在桌前坐下，但没有任何食欲。

“你要打理一下花园。”我想都没想就说道。

“我该做些什么呢？”他耸起肩问道，好像这样能听得更明白些。

“花园没什么生气，应该把它弄得漂亮些。”我一边嚼着肉一边说道，“而且今天的肉没法吃，煎得太老了，你一定是光顾着看电视忘了火候了。”

“没有啊。”他反驳道，“我留意着火候呢，我觉得挺好吃的。”

“要是你觉得好吃的话，那你自己吃吧。”我说着把盘子一推，盘子从桌子上掉了下去，虽然没砸碎，但是盘子里的食物掉了一地，把地板全弄脏了。

马里欧不敢相信发生在眼前的一切，更可怕的是，我好像被魂魄附体，又一次没有控制住自己的行为。出于某种无法解释的原因，马里欧被吓呆的样子更加刺激了我的折磨欲望。我无法忍受他那种无辜的模样，他理应追求人生，却甘于沉沦在不正常的惰性中。他是个精神上的奴隶，我讨厌这样的人。

“赶紧在我面前消失！”我一边喊叫着，一边用力地跺着地板。

马里欧往后退了一步。

“让我先打扫一下吧。”他说。但我没给他机会，我装出一副威胁的样子向他靠近，他逃向楼梯下的床铺，像是那里能保护得了他似的。

我拿起一块面包，看着满地的食物残渣，毫无胃口地吃着。

“别像个胆小鬼似的，出来收拾厨房，我不会对你干什么的！”我叫道。过了一会儿，我看到他的头从水泥壁凹陷处露了出来，他那副可怜巴巴的样子快让我笑死了。

“行了，行了，出来吧。”我重复道。马里欧从后门走出去，又拿着拖把和水桶走进来开始打扫。他绑着绷带的手臂清理起来很费劲。

“哪天你跟我出去看看，在真实的世界里是怎么赚钱的。”我说。他弯着腰不声不响地把地上的菜和肉捡了起来。

“我吓着你了，是吧？你甚至想象不到会有这种事情发生吧？行了，我只是开个玩笑而已，没什么大不了的。”我边说边找着面包上的硬皮，“好了，我不想再吓唬你了，我向你道歉。你也没地方可去，就留在这里继续做你这难吃的肉吧。老实说你的厨艺不错，只是今天做的饭菜太难吃了，这是明摆着的事实。”

马里欧艰难地打开一个垃圾袋，把从地上捡起来的残渣倒进去。

“瞧瞧你遭的罪，可怜的家伙。”我继续用同样的语气挖苦，然后站起来缓慢地上楼进了房间。

我一定是迫切需要些什么，也许开始新的人生是我所需要的。我收到一条表兄发来的短信，他说很想和我见面，约我出去喝杯酒，隔了那么久之后在叔叔葬礼上再次见到我让他很高兴。可我没心情，一点都不想去。我给他回了信息，告诉他我要去国外出差一段时间，等我回国后再联系他。

我需要一个女人，也许这是治疗一切的良药。可是从我的生活方式来看，实现这个期望有点渺茫。每天我工作到很晚，回家就把怒气发泄在马里欧身上。我可以和一些老朋友联系一下，但最后那段恋情让我远离了朋友圈，重拾旧情有些折磨人，我没有勇气去重新找他们。有那么一两次，我也曾想过上“世友网”看看怎么回事，据我了解，那没什么特别，不过是个交友网站，近几年成了特别火的社交平台。很多人从那里相识并建立了恋爱关系。我在一些公众场合经常听到有人说：“他们是在世友网上认识的。”“我妹妹和在世友网认识的那个家伙结婚了。”对此我并不太感兴趣，倒也不是瞧不起，我没有这种心结。我只是不太喜欢这样的方式，对这样的活动我有些排斥。除了工作需要之外，我不太热衷于上网。但我的身体里隐藏着一股强烈的情绪，感觉一切都不对劲。是什么鬼东西控制了我，让我受这样的折磨？

不可名状的怒气使我在房间里来来回回地走着，我把脸埋在两个手掌之间，接着使劲摇晃脑袋，好像这样做能想出什么好主意来。我把窗户打开又关上，直到最后筋疲力尽和衣倒在床上。过了大概一小时，我才渐渐平静下来，感觉有些饿了。我下了楼，马里欧已经睡着了或是假装睡着了。厨房收拾得一尘不染，吃剩的饭菜都放进了冰箱。我切了一大块面包，抹上蜂蜜后，端着装面包的盘子坐到沙发上开始大口吃起来。

我偷偷往马里欧那边看，他没任何反应，也许是真的睡着了。第二天有很多事儿在等着他，他要去两家银行和一个政府部门办事，要排长队等待还要楼上楼下地送材料，等把事情全办完了，回到家后要马上做饭，整理花园。

他的手伤已经好多了，但还没痊愈。他工作出色，从不抱怨，把事情做得很完美，这是实情，但我付钱也从不吝啬。尽管如此，无疑他会触发我毫无由来的怒气，有好几次我甚至想动手打他，只不过是因为他的存在让我生气。每次对着他发火时，我心里会生出一面“盾牌”，内疚的感觉就会退去，会认为这样对待他是正常的。

第二天就为了一个签字，我在银行等了将近三小时，这完全毁了我的心情，但是又没法让马里欧替代我去，他有其他的工作。

日子在这样的节奏下慢慢地过去了，我努力寻找一些支撑自己、让生命有点意思的东西。马里欧整天忙着家务，现在又增加了花园里的工作，他从苗圃买来了各种各样的花草，在花园的南边、花园入口的左侧向前的一个棚架下种上了他精心挑选的奇花异草。

三天后，我接到了要租剧场的那两个讨厌鬼的电话，随后我们在一家酒店的大堂见了面。那天的谈判在合理中进行，双方找到了折中的方式。尽管我没有完全达到预想的目的，但也没有产生任何损失。

谈判结束后，我和一个朋友见了面。他是我以前的同行，现在和家人住在国内的第二大城市。过了那么久之后，我终于见到了一个我很喜欢的朋友。那天晚上过得不错，我们喝了很多啤酒，聊了不少他的事。当问及我的生活时，他明白我的状况不佳。

“你怎么不去世友网试试呢？很多像你这样忙得没时间的人在世友网上都找到了合适的人。”他突然认真地向我建议道。

我把觉得这类事情不适合自己的疑虑告诉了他。接着当他知道我雇用了一个人在家之后，更是觉得奇怪。

“怎么回事，你一个人不行吗？”他整理着不时翻到毛衣外的衣领问道。

“不知道，最近我总是把事情弄得一团糟。”我说着，向服务生做了个手势，让他再拿杯啤酒来。

“你这是什么意思？”他的额头上因为疑虑出现了几道皱纹。

“我好像生活在一座迷宫里，失去了方向。尤其和女朋友分手之后，情况变得更糟了。我不收拾家，花园也荒芜了。总之我越是独自生活，出现的问题就越多。”

“那这个人帮到你了吗？我觉得你必须找个女朋友。”他直视着我说道，他的眼睛在黑暗中闪闪发光，像是对所说的非常确信。

“是呀，这可是件大事，让我的生活改变了不少。现在我基本离群索居。上世友网这个主意，我不知道……我不适合这种事。”

“你说什么呢？别像个老头那样活着，生活在继续，到处都是人，你能找到女朋友，而不是机器人。现在就开始找吧！”他意味深长地笑着，完全没有责怪我。

“是的，也许你说得没错，也许。”我发呆地望着前面说道，像是必须给什么疑难问题找出解决办法来。

那天晚上我喝了很多，喝酒没让我感觉不舒服。我很感谢朋友的陪伴，他看上去像是看淡了一切，在那几个小时里传达给我一种平静的感觉。这小小的平静一直持续到第二天下午。

下午三点，我带着足够的自信出现在一个重要的会面上，用极好的价格租下了小楼中的一座楼房。那次的会谈方不是什么可笑之徒，而是一位举止端庄的先生和他美丽的秘书。没花太多工夫，我们就商定好了一切。好事还不止这些，当我疾步走进家时，马里欧正在厨房拖地，我让他去准备一下，我们要出门。他迟疑了一下，他搬来住已经有一个月了，从没发生过类似的事。我不得不重复了一遍，让他放下拖把去换一下衣服，我们要出去吃饭。他没再说什么，跑进洗手间，五分钟后换好了衣服，钻进汽车坐在了副驾驶座位上。

“我想来点不同的，让你也出来散散心。”我一边说着一边用敏捷的姿势开着车，不知道他能不能被我的快乐所感染，以抵消这番有些暗示他封闭自己的话所带来的不快。

我们到了“佩特拉”，这是一家很棒的餐厅。我们贪婪地扫视着菜单。我知道马里欧有些害羞和不知所措，是不会自己点菜的，对此我有所准备。当我决定好了自己要吃的菜时，我把菜单从他手里拿走，叫来了服务生。

“今天我签了一个非常好的合同。”我说。他点着头勉强地微笑着。

我的情绪还是很好，我承认出于某个我努力探究但还是无法解释的原因，我面前的这个人总会引发我的怒火。他讨人喜欢，几乎没有什么缺点，但我不明白他身上到底有什么会让我生气，我不得而知。有几次他站在我对面时，我竟然想揍他。叔叔活着的时候，他肯定没让叔叔产生过这样的感觉，要不怎么能在叔叔身旁生活那么多年呢？对我就不同了，随着时间一天天过去，这种不好的感觉越发强烈。

饭菜非常可口，我吃到无法下咽为止。马里欧也很赞赏这家餐厅的菜肴，只是想让他开口说些什么，实在太困难。渐渐地我的火气又上来了。

“花园怎么样了？”我开启了一个能让他感觉熟悉和感兴趣的话题。

“很好，我在不停地修整，需要更大的地方。如果你不介意的话，我往路那儿加宽点，这样就能种上全部的花草了，否则会显得很拥挤。”他详细地解释着我分派给他的工作，其实我对此并不特别关心。

“很好，很好。”我说。

我们对面坐着两个女孩，其中那个很漂亮的女孩朝我看过来，我试着用眼神挑逗她，但她没什么反应。我很羞愧，连这种谈情说爱的小把戏我都不会了。

“坐在你后面的那个女孩很漂亮，是吧？”我突然对马里欧说，他小心地转过头看，然后意味深长地对我笑。

“你不想有个女朋友吗？”我径直问道，一副心情不错的样子。

“嗯，是呀，可怎么才能办到呢？”他慢吞吞地答道，我喜欢他这样比较正常的样子，不管这意味着什么。

“是呀，但是整天关在家里怎么能找到女朋友呢？”我脱口而出。马里欧没有回答，这一点没让我感到惊奇。

“反正我啊，马里欧，我一定要找个女朋友，我可不想一直单身。”我想显出开玩笑的样子，继续说道，“那样我们三个人会生活在一起，你会有更多的家务活儿要做，做伴的人也会越来越多。”他只是微微地笑着。我向服务生做了个手势，让他把甜品菜单送过来。

我认为那个晚上是我向他示好的一步，不过他似乎并没受到什么感动。这倒没什么关系，只是我实在无法理解他，这是一个多么奇怪的人。当我第二天醒来之后，第一件事就是继续抱怨花园的情况。

“我跟你说过要把花园弄得与众不同一点儿。你倒也没偷懒，没有啥都不做，不过你把所有的花草都种在一个角落里，就像把它们孤立在一旁，看上去一点都不好看。”

“但是，花园的其他地方都已经种满了！”他抗议道，“你说我该怎么办，把之前种的花草都拔了吗？”

“我可不知道这些事，马里欧。如果我知道该怎么办的话，我就不需要你了。问题是这样一点儿都不好看，而且除非直着走过来，否则从路那边完全看不到这些。”

“可是，我又不是花匠，我弄了这么久才弄成这样的。”他拼命想解释。

“不管怎么说吧，”我说，“我一点儿都不满意，跟我想的完全不一样。”

听到我对原本毫不关心的事情的差评，马里欧感到很沮丧。他知道这只不过是我又一次故意指责他，这才是我的目的，并且我再一次达到了目的。

但即使他深陷在这样的环境中，他也没显出颓丧的样子。他已经接受了现实，显然是因为他没有其他选择。这更加刺激了我，毫无疑问，那天当我向他建议来工作的时候，他绝对想不到会是这样的。我记得接下来的几天简直是场噩梦，我的心情跌到谷底。我万分不情愿地去赴约，无法集中精力，最后我把车随便停在了一个地方，下了车漫无目的地走着，想把脑子里的万千思绪整理清楚。我知道自己忍受不了多久了，悲哀逐渐吞噬了我。又一天下午，我感觉糟透了，我取消了所有的约会，横穿了几条马路一直走到了收费站的路口。当我意识到自己走到了这么远的地方时，我吓坏了。那几天我和马里欧没发生什么事，只有一次我斥责他做的饭菜难吃，其实做得非常美味，还有就是责怪花园乱糟糟。我睡眠也很差，总是半夜醒来，然后坐在阳台的小凳子上喝上两三杯伏特加。冰冷的空气穿透了我的身体，我眺望城市的边缘，成千上万的灯火，无数的生命，爱和幸福，而我却卡在那儿——签订合同，朝着马里欧吼叫。我承认自己很可悲，我被内心逐渐扩大的一片黑暗情绪折磨着，我的身体里充满了怒火，让我无法正常地处事。所有的事情全都困扰着我，比如在红绿灯前多停几秒，会面的人迟到了十分钟，没有及时回复我的信息等，然后我把怒气全发泄到马里欧身上，朝他大声吼叫，用莫须有的理由指责他羞辱他。在家里的日子变得令人无法忍受，工作上也是同样的情况，我整天疲于奔命，生意在继续，离开是不可能的。我必须想一个生存下去的出路。

4

是时候改变了

奇怪的是，马里欧不仅承受住了所有的责难，而且把花园打理得非常漂亮。一直蔓延到南边出口的花海看上去美不胜收。虽然我心里很高兴，可嘴上还在继续抱怨，这种状态让我自己也深感奇怪（不是我，是我身体里的一头野兽在作怪）。在一个快要令人窒息的夜晚，我借口马里欧做的饭菜难吃得无法下咽，就把电视机的天线拆了下来。为了确保不让马里欧把天线接上，我还把天线拿到了自己的房间，然后向马里欧宣布，接下去的一段日子禁止他看电视，因为我付他工钱不是让他在这个愚蠢的机器前浪费时间的。他看上去很委屈，脸上的肌肉抽搐着想要说些什么，但马上后悔了，转身往厨房走去。

马里欧办事很迅速，他能在很短的时间里很好地完成我派给他的外出工作，毫不拖拉，很有成效，这让我感到很吃惊。没有一个行政机关的官僚流程能难得住他，不知道他是怎么办到的。

一天，我又带他去“佩特拉”餐厅吃饭。因为那段时间我一直抱怨他的工作，对他的态度很恶劣，令他心情很不好。不知怎么的，我开始自顾自地说起对未来的计划，我如何想把一栋新楼投入市场，我考虑把房产管理扩大到国外的可能性，等等。马里欧手里握着一杯冰镇饮料，带着一种冷漠但惊奇的神情看着我，他完全不习惯我这样。那晚我又吃多了，整个晚上感觉肠胃非常难受，不得不在屋子里来回走了一晚上才消化。

那个时期很奇怪，我几乎失去了对时间的概念，经常忘记会谈的对象和事由，必须看记事本才想得起自己的会面。好在凭多年来积累的熟练经验，工作上还算正常。好像是一个周五的夜晚吧，天气变冷了，在经过了一整天的会面之后我没有回家，而是决定独自去附近的一个酒吧喝杯酒。我坐在一张舒适的沙发椅上点了一杯威士忌。当我靠在柔软的椅子上喝下第一口酒时，突然我的脑子里闪现出一个念头：原来生活并不是那么糟糕。尤其当我的对面走过来一位举着杯葡萄酒的漂亮女人时，更让我确信了这个念头。

她看上去比我年长些，一双大眼睛，深深的眼眸，双颊有些凹陷，但嘴唇丰满润泽，头发的边缘散发着一层红光。她直视着我，眼睛时开时闭。尽管她的坐姿没变，但眼神越发强烈起来。一开始我有些不知所措，但是我挺喜欢这个女人的，她身上有些什么东西吸引着我，我想站起来去和她搭话。就在我鼓起勇气准备出击的时候，从门外走进来一个男人直接在她旁边坐下。女人和他亲吻起来，并让服务生再送杯酒过去。这一下子毁掉了我之前的好心情，我想站起身在店里大闹一番，却只是把酒杯放在桌子上，走出去透了透气。我走了至少三公里才使自己的情绪平静下来。当我坐进汽车时，我已经做好了一个决定。

我回到家，快速上楼进了自己的房间。马里欧看我这样匆忙地走进屋子感到很奇怪，他好奇地朝我身后看去，看是不是有人跟着我。我坐到电脑前，飞快地操作了两个步骤，带着“世友”标志的网页立即打开了，“世友”两字在红色边框里闪着光。我咽了一口口水后进行下一步操作：注册。姓名、职业、出生年月、住址、特长以及其他个人信息，我全填写了，但没有留下更多的个人信息就进入下一步：添加个人照片。我很不喜欢这样，但如果不按照要求做，我就无法继续下去。我走到阳台上开始思考，天气突然变得很冷，我只得返回屋里和衣倒在床上。

盯着天花板看了个把小时后，我打开办公桌的第二层抽屉，找了一会儿从抽屉深处翻出了一台照相机。我把照相机架在面前，随意地摆了几个姿势。第一张照片不怎么样，后几张好一些。我不想让自己在照片里显得很清晰，当然也不能看不清。在进行了几次不太成功的尝试之后，我想出了个主意——从侧面拍照，这样能使我的正面模糊些。不错，这是一张完美的照片。再思来想去的就没意义了，所以不到三分钟我就把照片上传到了“世友”的网页，完成了注册的全部程序。注册完毕，我进入到下一个环节：选择自己喜欢的女性特点，以便以后在世友网上结识符合这种标准的女人。这简直太愚蠢了。

幸亏有一项“无特殊要求”的选择，于是我选择了这项。但进入下一个环节后，由这个选择而产生的混乱结果马上显现了出现，成百上千个人选可以和我配对！我把网页返回到前一页，查看了所有的选项，发现有一项选择是“根据申请者的居住区域”，这个选项比较有用，因此我选择了“同区域及附近”的选项。果不其然，配对人数少了很多，这样我就可以有目的地进行选择了。最后在我面前又剩下了百余张照片。这种可笑的状态让我觉得不太习惯。每张页面被无数的脸覆盖着，有稚气未脱的年轻女孩，也有成熟年长的女人，她们都用挑逗的眼神看着镜头，摆出一副开心的姿势。我无法在任何一张照片前驻足，美丽的面孔对我来说没什么意义，我真后悔进了这个网站。我看着页面最上端我自己的照片，感到很羞愧。我翻阅着一个个页面，时不时告诫自己别像个不懂事的孩子，总是怪罪别人，既来之则安之。慢慢地，我平静下来。

这时，我注意到一个长着聪慧面孔的漂亮女人，她看上去不是很年轻了，浅褐色的头发垂落在微笑的脸庞两边。天知道她想从“世友”上获得些什么！我来到了可以留言的地方，那就留言吧，不然全都白忙活了。我写道：“你好，我只是想告诉你，尽管我对你一无所知，不过我很喜欢你的模样。”天哪，这真蠢！真希望地上裂开一条缝，好把我吞下去。我继续翻看着网页，的确有很多漂亮而迷人的女人，这是个不争的事实。我越往后翻，越是觉得自己愚蠢。可是当我走下楼去厨房找吃的的时候，我的脑子里还在想着这可笑的把戏，我的嘴都快咧到耳朵边上了。

马里欧沉默地坐在沙发上，他一定很想念电视，我上楼把天线拿了下来。我告诉他惩罚结束了，他又可以看电视了。他立即接上天线，坐到之前的位置上看了起来。真不知道这人是怎么回事。

过了一会儿，我上楼回到自己的房间，想确认第二天和银行的一个重要会面的细节，但正如你们猜到的那样，我直奔“世友”而去。什么都没有，没有任何消息。我下了线，按照银行的流程尽快地整理了一下之后又回到线上。我在寻找一张能触发我兴趣的脸，同时我又不理解自己为何把这事看得如此重要，只是消磨时间而已，没必要这般寻寻觅觅。就在我混乱地寻找时，突然一条信息提示跳了出来。我深吸了一口气，打开信息看了起来：“你好，宝贝儿！想今晚见面聊聊吗？我看你就住在附近。”我像是被电击中了一般从椅子上跳了起来，这是什么？不，不，对此我还没准备好，这信息是真的吗？我看了一下信息发送的时间，没错，就是在两分钟之前收到的。在极度的紧张中我试着回复，就两三句话，我不停地删除又重写，一遍又一遍，直到最后我放弃了，换到了另一页。她怎么可能用这种方式回复我，真有这样的事？这也太容易了吧？尽管我不懂游戏规则，但我对这种事情发展的速度感觉不自在。我放弃了这位有着浅褐色头发的大胆的女士，继续我的寻找。

我努力在不同的脸庞和眼神中寻找，寻找那与我的想象接近的东西。我选择了一张黑白照片，只能看到照片里姑娘的侧面，图像很亮，她有一双水汪汪的大眼睛，含蓄地微笑着。照片拍得有些随意和模糊，和我自己的那张很像，我很喜欢。姑娘的名字叫安娜，反正网上就是这么显示的。我丝毫没迟疑，给她写了一条信息：“你好，我很喜欢你的照片，所以决定给你发个信息。晚安！”我根本没考虑写了什么，但没关系，我不再害怕会产生什么后果了，再说还能再发生什么呢？上“世友”交朋友在那时候是种时尚，没人会特别关注我。那晚我没收到回信，最后只能在胡思乱想中睡着了。全让我搞砸了，在我这年龄，我原本应该有个老婆睡在身旁的，现在却在网上相亲，和一个和我差不多年纪的男人住在一起，还出钱让他照顾我。

有几笔汇款在银行遇到了些麻烦，我一点儿都不担心，以前也出现过这种情况。我信用度好，是银行的优质客户，对银行的服务我一向很满意。回到家，马里欧已经做了可口的菜肴，切得极薄的肉片和蔬菜以及一种奇特的酱汁混在一起。他在心情好的时候总能把事情做得更好。我坐到桌前狼吞虎咽地享受着他的烹饪成果了，马里欧站在一个角落里，心满意足地看着我。后来我终于忍受不了骂起他来，叫他别站在那里观察我的每个举动，赶紧走开让我安静地吃饭。他立即跑开，来到沙发那里坐了下来。

我上楼洗了个热水澡，然后在办公桌前坐了下来。你们一定猜得到，我的首要事情是打开世友网。然后我的视线落在了闪着亮光的提示上。对，我有一个来自安娜的信息："你好！谢谢。你有空的话，我们可以聊聊。"按照我行事的尺度和标准，这个答复比较正常，我不由得松了一口气，禁不住笑了，毫不犹豫地写了起来："你好，你在吗？"

过了几秒，她的回复来了："是，在的。"

"太好了。"

"我觉得有点尴尬。告诉你实情吧，这是我第一次上交友网。"

我不知道她说的是不是真的，不过我挺喜欢她的坦率。

"是的，我也是第一次上交友网，也许这样更好。"我接着说道。

“我看我们离得不远，也许就住在同一个街区。”

“是的，的确如此。”我补充道。我很喜欢这样，丝毫没觉得难堪。

“现在我不知道该说些什么了。”她说。

我答道：“没关系，这很正常。”

为了使谈话继续进行，我说：“如果不介意的话，可以告诉我你是做什么工作的吗？”我觉得这个问题挺符合现在的气氛的。

“现在我没在做什么。”她答道，“之前我在一家公司工作了三年，是一家建筑公司。后来公司破产把我们全辞退了。”

“啊，明白了。”

“你呢？”她马上把“接力棒”传给了我。

“我有一家自己的公司，做不动产租赁。”我觉得自己的解释比较大众，同时又能给她留下很好的印象。

“哦，听上去不错。”她说着停了下来。

我继续写道：“你不上班的话平时会做些什么呢？外出逛街，还是宅在家里？”

“我出去的，不过不经常。我需要找工作，你懂的。”她说。

“当然，我懂。”说完，我没有其他什么要说了。

“我能不能问你，你是怎么决定上世友网的？”她提出了一个很直接、很接近我们主题的问题，我没觉得很唐突，其实我也想问她这个问题的。

“可能是由于我最近的生活状态……我的意思是我不如以前那么喜欢社交了，我更喜欢一个人待着。一个朋友跟我推荐了世友网，我尝试的原因更多的是出于好玩。你呢？”

“我也是，基本上或者说完全就是这个原因。我不怎么出去，我现在对任何事情都没什么兴致。就像你一样，我上网是因为觉得好玩。而且告诉你吧，你是第一个给我发信息的人。”

“你也是我第一个发送信息的人！”我兴奋地答道，完全忽略了之前那第一条信息。

“哈哈，我不信，你在对我撒谎。”她写道，但是可以感受到她的快乐情绪。

“是真的，不知道为什么，我马上就把你从如海水般涌来的脸孔里分辨了出来。”我补充道，接着又是一阵停顿。

“好吧。”她说。

接着不知怎么的，我写道：“很高兴我们聊了会儿，不过我得下线了，我们下次再聊。”

“好的，我也要走了 。”她说着，就这样结束了我们的交谈。

我不明白自己为什么突然中断了这和谐的对话，不过已经不重要了。我感觉必须这么做，或许是不想表现出自己认识她的兴奋之情。就算不是特别兴奋，我还是挺喜欢这简短的接触的，丝毫没让人感到紧张，反而很快就在我们之间产生了某种亲密感。我对这种事不太在行，还是慢慢来吧。那时我的心情好了很多，带着一种令人愉悦的担忧，我走下楼，因为我根本没法工作。马里欧感觉到了什么，好奇地偷看着带着一脸微笑的我。我在他身边坐下，他给我挪了点地方。之前在厨房里被骂过后，他没料到我现在会这样。我一言不发地看着播放的电影，他时不时偷偷看我几眼。

“如果那时我没让你来家里工作，现在你会在哪儿呢，马里欧，你有没有想过？”我打断他看电视的注意力，对他发问。他没出声，站起来走到屋子后面他的床边。我把电视机关上，在客厅里一圈一圈地走着，然后穿过厨房从后门走进花园。月光照在马里欧新种的花上，色彩缤纷的鲜花散发出清新的香气。马里欧打理的花园异常美丽，眼前的景象让我十分高兴。我绕着花园走着，静谧的夜晚一向具有治疗的功效，我感到格外平静，思绪也清晰起来。在那个满天星云的夜晚，我的脑海里浮现过无数的想法，最后全部归结于：我必须尽快改变人生，我要从现实中逃离出去。

5

第一次约会

和安娜在网上简短对话之后过了两天，我精神焕发，满脸微笑，愉快的精神状态继续助力着我的工作。但随着看不到她的新信息，我开始担忧起来。好吧，我可以先给她发信息，但是如果她先发给我的话，我就能放下心来。事实上，过了三个晚上，我决定主动联系她。我迫不及待地坐到椅子上，忐忑不安地打开电脑，惊喜地发现收到了一条她的信息。

“午安，你怎么样？在网上我不知道该干什么，这些陌生的面孔让我感觉很混乱，我不想再认识其他人了。因此，你是第一个也是最后一个我在世友网上正式认识的人。我要退出了。”

我的高兴被她的最后一句话立刻转变成了恐惧。

“你好，安娜！我不想否认看到你的信息我有多高兴，即使我还一点都不了解你。其实，我也不想再继续这样的游戏了，我很理解你。只是请别退出，我们聊聊天不是挺好的吗？”我可以感受到网络那头的笑意。

“是的，你说得没错，是挺好的。”她写道，然后也许在等我的回复，看我没回答，她继续写道，“你这几天怎么样？我不太好，有时候觉得充满信心，但很快又气馁了。”

“我也是这样。”我说，“我比你想象中的更理解你。”

她开启的话题比上一次的更美好，充满了理解和温暖。对于彼此的想法，我们全都赞同。这不是出于必需的礼貌，而是把我们联结在一起的一种相似的感受。她对我说了一些不过分涉及细节的个人情况，显示出一种得体的成熟。我也坦诚且有分寸地介绍了自己。我很高兴可以让自己的形象在她的眼里逐渐清晰起来，于是又说了一些自己的情况。当我抬起头看钟，发现已经是凌晨两点半了，我不由得笑了。

“知道我们聊了多久吗？”我问她，但马上后悔了，我不想让她觉得我累了。幸亏她出人意料地问我：“你想不想看几张我夏天时拍的照片？那你就知道是在和谁聊天了。”她用调皮的语气说道，我的反应像个孩子。

“好，好，我很想看！”我用这样的答复来表示自己雀跃的心情，然后等着那不期而至的“礼物”。

没过多久，她发过来三个文件，照片传送的速度很慢，要通过这种缓慢的、折磨人的流程，这让我感到格外愉快。几分钟后，我收到了全部的照片。第一张照片里，安娜站在一个海岛的阳台上，微笑地看着镜头，背后是天空和大海的一角，她的一只手放在背后的栏杆上，另一只手正拨开垂落在脸上的秀发，非常美丽。那种温柔而独具气质的甜美散发出的温暖，尤其令我心醉神迷。第二张照片是她坐在一块礁石上，穿着一件湿了的上衣，膝盖上的皮肤被太阳光照得发出明亮的光。这次也是在微笑，只是稍微有些拘谨，像是对拍这张照片有些迟疑。这张照片里她也显得很美。最后一张是我最喜欢的，安娜手里握着一个杯子坐在一间屋子里，她看着地面，目光像是在寻找着什么。照片是从她的侧面拍摄的。看着这些照片，我的心怦怦乱跳。我努力控制住自己，别把自己的兴奋心情表现出来。

“照片很漂亮，谢谢！”我写道。我的话令她满意，她喜欢在我们互发的信息里，在字里行间流露出平和的情绪。我们的对话既不夸张也不浮躁，保持着对对方的尊重。

“你真的喜欢吗？我想，既然我们聊了这么久，还是让你看看我是什么样的，因为那张世友网上的注册照片不太清晰。”

“这样更好，不要让其他人发现你！”我没多加考虑就脱口而出，但马上停下了，这脱口而出的话听上去很自以为是，还好她只是觉得有趣。

“你这么觉得吗？好吧，你这么想也不错。”她说。

随着时间的流逝，每句话、每个评论、每个傻乎乎的玩笑，对我来说渐渐地都变成了爱的邀请。我们制造了一种只属于我俩的私密的愉快氛围。

接下去的几天，我像是个梦游者。白天我毫无心情地机械地完成所有要做的工作，然后就等着天黑和安娜聊天，没有其他能让我感兴趣的事了。那几天马里欧有很多需要外出办理的事，他不停跑来问我去税务局办理的事情的细节，这让我很生气。我根本没心情跟他解释，就告诉他别来烦我，让他自己去想办法。一天下午，他抱着一堆文件和资料在门口等我，我几乎是把他推出了家门，然后迫不及待地上楼回到了房间。

“今天我买了顶帽子。挺奇怪的，因为我从来不戴帽子。”那晚安娜这样告诉我，让我觉得挺可爱的。还没等我回复，她就给我发了一张照片。照片里的安娜戴着一顶黑色天鹅绒的帽子站在一面大镜子前。这张照片几乎让我晕倒，她的嘴唇微微张着，姿态如此迷人，令人心驰神往。我的心跳在加速。

“你真美。”我这样写道，就好像此刻她坐在我的身旁，我正向她温柔地私语。那天晚上，我尝试着在我们的对话里添加一些浪漫的语调，希望她可以领会到我的心情已经从认识最初的兴奋转变为接近她的愿望。

“谢谢。”她说，然后停了下来。我开始不停地深呼吸。我的脑子里有个声音在嘲笑眼前的局面，嘲笑这网络恋爱，但我真的很想接近她，想更好地了解她。

“你呢，去哪儿了吗？”安娜有些突然地问我。我们对情绪和心理问题讨论了很久，我们分析自己的情绪、对人生的态度、我们的孤独，甚至是我们的恐惧，从来没谈过具体的日常活动，没有谈过我工作的细节、我的日常生活等。

“我去了佩特拉。”我答道，不知那时我怎么突然想到了这件事。

“这是什么地方？”

“一家我很喜欢的餐厅，我经常去。”我向她解释并开始愚蠢地滔滔不绝起来。我的内心膨胀起来，非但没有向她发出邀请，反而将餐厅的菜肴一个个地品头论足了一番。

“我也喜欢去餐厅，但我不经常去，我会时不时地做几个菜。”她接着说道。可我还是没勇气暗示她我想尝尝她的厨艺，我总是错失良机。

那天晚上我感到紧张，从某个时刻起我开始烦躁起来。我想让对话保持在一种固定的状态中，可一旦没做到，我就很生气，都是我的错。安娜很出色，愉悦而热情。我努力寻找合适的词语想让自己变得更有吸引力，但这些尝试最后却变成了冲动的表现，全让我给搞砸了。幸亏安娜没感觉到什么，还继续鼓励我，她真是非常可爱。然后那天的网聊就结束了。

马里欧的出现越来越频繁地打扰到我，我不要他妨碍我，我所有的注意力全在安娜身上。我日夜想着她，经常幻想着用胳膊紧紧地搂住她，甚至幻想躺在她身旁，吻遍她全身。

不过要这样做，我还没有足够的胆量。我的激情受困于那折磨人的对话中，我试着用最聪明、最直接的方式打动她的心。这是个具有策略性的爱的游戏，可我却不够熟练。我担心安娜不久之后就会厌烦这样的循规蹈矩，我们需要迈入下一个阶段。不过光是想到那将要到来的见面就让我的腿发软，我的焦虑超出了正常的程度。这种对未来与安娜的关系而产生的紧张和担忧的情绪影响到了我后面几天的工作，第一阶段我们的对话带来的快乐转变成了一种长久的担心，尽管如此，我们还是继续每晚的聊天。

我还记得一次让我搞砸的会面。那是一位前来与我谈一座剧场的租金事宜的和善的胖女士，她是为一所大学为期一周的艺术节租这座剧场的。这位女士准备充分，说话礼貌得体。而我则是皱着眉，背靠墙坐在她对面，一副无精打采的样子。她谈话的内容我只听进去一半，结果我不得不一遍遍重复问同样的问题。我感到很难堪，因为很快胖女士就明白了我内心的混乱和心不在焉，但我没法控制自己的举动。我笔直地站起来绕着桌子转了几圈，回到座位上后我点燃了一根香烟，全身大汗淋漓。那位女士问我："你还好吗？"她那么温柔地问我，我却没法恢复过来正常地回答她，感觉太糟糕了。最后我只得请她原谅，请她给我发送电子形式的合同，我会接受她关于租赁的所有条款。胖女士惊呆了，但很快回过神来站起身礼貌地向我告别，走出了房间。我自己也对发生的事感到非常生气。

那几天，一种无缘由的强烈担忧让我恐惧，我不仅没有享受和安娜——这个偶尔出现在我生命中的美好的女孩的交往，反而被看不见和事实上不存在的东西吓坏了（在很少几次清醒的时候，我意识到这种担忧毫无必要）。我是那个把恋爱的力量扩大化的人，我在幻想，在希望，而她或许并没有觉得这种远程的关系有多重要，也许她只是认为这不过是一天中的开心时光。尽管这种怀疑在不断滋长，但我不是傻瓜，不，我相信她对我产生了某种温柔的情感，不然我们付出的那些时间算什么呢？谁愿意浪费时间啊！但不管怎样，事实上这疑虑的压力让我无法再像以前那样享受和她在一起的快乐时刻。我小心翼翼、格外认真地写每句话，因为害怕有拼写错误，我一遍遍删掉又重写。我会因为一个小误解就恐惧地认为她对我们的谈话不再感兴趣了，我让她厌烦了。我失去了活力，不再像聊天之初那样妙语连珠。当她再次发照片给我，我也没有欣喜若狂，只是对她没有对我们的聊天感到厌烦、对我还是一样热情而感到如释重负。

马里欧一如往常地烹饪，整理花园，看电视。我完全忽视了他的存在，他感觉到我有些不对劲。当我坐在厨房的餐桌旁呆呆地看着地板，食之无味地吃饭时，他从沙发那边小心翼翼地观察我。

那段时间，这种无止境的精神折磨影响了我正常的生理功能，我的睡眠变得很不稳定，总是夜不成寐或是睡得断断续续。半夜惊醒后，我会跑到阳台上，在越来越冷的寒风中抽烟，不停地喝威士忌，每隔一会儿就要去趟厕所。

马里欧着实开始担心起我来，但他不敢直接问我，他知道我会把怒气全部发泄到他身上。当我注意到他看我的样子，特别是当半夜我在阳台和厕所发疯时，他的眼睛因为惊恐和担忧睁得溜圆。但最奇怪的是，当我打开世友网和安娜聊天，一切又恢复到了正常。安娜没有丝毫察觉，有一两次我停顿的时间比较长，她问我一切可好。的确当我重读了我们的聊天内容，完全看不出我有任何的抑郁。为了不对这段时间以来建立起来的关系造成威胁，我把这种内心强烈的冲突隐藏了起来。

然而在工作时，我第一个意识到自己变得令人无法忍受。我特别易怒，为了一点小问题就会大喊大叫，甚至对那些多年的老客户也这样。客户们被吓到了，疑惑地互相对望着。幸亏某一时刻我突然醒悟过来，强迫自己笑起来，说是在和他们开玩笑或是在不合适的时候开了玩笑，就这样避免了更糟糕的情况发生。

可我无法用任何方法来回避一个事实：当安娜看着我时，我不敢直视她的眼睛。不久之后，我必须和安娜见面了，假如最终我没有勇气去见这个姑娘的话，连傻瓜都知道我们所做的事全是白费劲儿。我无法摆脱这样的想法：安娜很快就会放弃那个只想远远地说几句甜言蜜语，眼巴巴地期盼几张对方的照片而不敢提出见面的懦夫。

幸好安娜也经历着类似的不确定，对我构筑起一座防御的城墙。我们俩在这点上很相像。从我认识她到现在，我感觉她和我很般配。但这种状况只是暂时的，姑娘也不傻，她会怎么想呢？她在和什么样的人搅和在一起？一个认识了这么久，只是交换些信息、开开笑话，却始终没有勇气见面的家伙。不，她不会忍受很久的，这只是时间问题。如果真是这样的话，我不知道该如何应对。

又过去了一个星期，我继续把见面的渴望埋藏在令人恼火的羞怯无能之下。和安娜聊天，佯装我俩分别住在两个不同的大陆上无法见面。尽管我很享受，可我理应减少一些和她对话的频率，因为我们的话题逐渐变得无聊起来。安娜又发来一张照片，我带着一种令人窒息的渴望叹息着，接着安娜送来几句甜蜜的话语。但所有这些都是徒劳，它很快会让我们精疲力竭，迟早我们俩会一刀两断。

我试图寻找逃离这种困境的办法。装几天病是我想出的唯一能赢得时间的办法，这样我就能放松一下。停几天联系对我们俩都有好处，谁知道呢，也许还能通过这种方式让她想念我。这个念头对我有些效果，不过是极小的，就像让自己暂时远离麻烦，给自己一张暂时从所处的迷宫中逃脱出去的通行证。

我坐在沙发上和一脸惊讶的马里欧一起观看电视里那些愚蠢的节目。他见我神色似乎比较轻松，便鼓起勇气问我怎么样，我告诉他我很好，没做任何解释。随后我问他今晚做了什么菜，我的这个问题让他觉得很诧异，因为那段时间我沉迷于网恋，丝毫不关心这类事情。那天马里欧没有做什么特别的菜，所以对我的问题有些紧张。我很快让他平静下来，告诉他我并不饿，问他只是出于好奇。

奇怪的是，我允许自己暂时不和安娜联系的决定影响到了我生活的各个方面。我强迫自己让脑子进入休眠期，那几天我变得很迟缓且平静。与人会谈时，我说话速度缓慢，总之，或许这个决定是正确的。

但这段日子很快就过去了，我又回到之前的节奏——没错，和安娜的联系。显然，生命具有一种未知的内在节奏，从不征询我们的意见，甚至忽视我们，忽略我们的意见。当那天晚上我们重新连线开始交谈，很快我就注意到安娜的交谈方式及谈话的兴致都变了——从她的字句里、从她开始下一句句子前的停顿中可以看出蛛丝马迹。她显得很开心，非常兴奋，丝毫没有难过或失望。我已经很了解她了，这不再是个寻常的夜晚，以几句甜蜜的赞扬，或是她再发一张让我仰慕得不停赞叹的照片就能结束我们的谈话。她很想知道我的病是否有所好转，现在我是不是已经恢复健康了。

“你现在好些了吗？你不给我发信息，我很担心。”

“谢谢，我还好。我感冒了几天，现在感觉好多了。”我加重语气说，想以此显示出我的状态很好。

“这很好，太棒了！”她说。

我知道该轮到我向她表示关心了：“你怎么样？就几天没聊，可我感觉我们像是多年没联系了。”

她笑了。

“是的，当生活的节奏一发生变化，就会有这样的感觉。”她说道。接着是一阵沉默，像是表明她还要继续说些什么。

我没出声，我给她时间思考。

“你知道我们没聊天的这几天我在想什么吗？我想，如果我们能见面会有多好……我们能亲眼见见对方。我想告诉你我的感受……也许你也想过这事，不过我不能确定……你说呢？”

我站起身走到阳台上，外面很冷。地平线的尽头显现出城市边缘的山脉那模糊的轮廓，无数的灯火延伸到城市的边界，还有那灯火辉煌的楼房，以及在紧闭的房门后面的生命。安娜就藏在某一个地方，正在等我给她的提议一个肯定的答复。我什么都没想，在阳台上待了一会儿后回到座位上。当我在阳台上的时候，安娜给我留了一句话：“你还在吗？”

“是的，我在。”我答道，在她回复之前，我继续写道，“我同意见面，你说哪天呢？”

“周日怎么样？这周日你有空吗？”她开门见山地问道。不然她又能怎么说呢？我们保持这样远距离对话已经很久了，这一时刻终于来了。

“我可以。”那时我完全记不起是何年何月了，只感觉四肢麻木，全身动弹不得。接着我假装要去打一个电话，我向她道歉并告诉她半小时后再联系详谈见面细节。我不知道自己为什么要这么做，我需要些时间重新整理一下头绪。

我感到口干舌燥，下楼直奔厨房，一口气喝了三杯水。马里欧怀里抱着一个靠垫从沙发上跳了起来。

“干什么这么看着我？傻瓜，我口渴有什么奇怪的？回到你的电视机旁吧！”我突兀地说道。他观察我的每个举动让我很生气。他马上收回自己的目光，靠着沙发背坐下。

过了一会儿，我缓慢地走上了楼梯。像是要控制自己的情绪，我在床边坐下，两手垂向地面。我感觉自己连一行字都打不了了。安娜在焦急地等待我们的会面，我理应欢呼雀跃，可身体却在发抖。我在床上躺下，盯着一片空白，这种安静让我很不安，我无法从新的状态中逃脱出来。

“就这个周日！”过了一会儿我再次向安娜确认。此时，恐惧已经占据了我的内心。我等待着她改变主意，也许她会后悔，谁知道呢，也许她考虑之后觉得见面不是个好主意，但没过多久传来了她的答复：“好，我等不及想见到你，我们下午见吧。哪里对你来说比较方便？”就这样，没有回头路了，我没有任何出路，只能继续演这出戏。

“你觉得广场边的旧市政厅那儿怎么样？那附近有很多咖啡馆和酒吧，我们可以找个喜欢的地方坐一坐。”

“好！”安娜答道。我注意到她字句里显示出的兴奋。确切点说，整个晚上直到我们结束聊天，她写下的每行句子都包含着绽放的激动之情，她的表达方式中流露出一种青春激扬的欢乐，看上去她已想通并做出了决定。我越是感受到这些，从她提出见面的那刻起，我内心的焦虑就越陷越深。

约会定在周日晚上七点。我有三天的时间让自己平静下来，并用勇敢和谨慎来武装自己。从一开始我要的就不是疯狂，我想要的是和一个女人相识，这个时刻终于来了。我很懦弱，这是个不可否认的事实。为了弥补自己的缺点，我必须打起精神回应这个角色。我很喜欢安娜，梦想着她躺在我的怀里，唤起我的激情。我即将和她在一起，这是令人幸福的事，我必须接受并为之激动。但是那巨大的压力犹如一台抽水机把我健康的思维抽走了，毁坏了我的情绪，让我找不到保持平衡的动力，我感觉自己好似婴孩那样对眼前的问题无能为力。

夜晚就这样过去了，我一夜无眠，脑中充满了无数的念头。早上，我拖着疲惫的身体起了床，冲了个澡穿好衣服，下楼来到厨房。马里欧已经准备好了早餐，正在花园里忙碌。我的样子看上去很悲哀，坐在椅子上费劲地把一杯果汁端到嘴边。马里欧走了进来，从他的眼神里看出他被我的样子吓了一跳。鉴于前一晚的教训，他假装没在意，和我干巴巴地说了句“早安”之后开始在一个锅里搅拌起什么东西来。正如你们猜到的那样，那天工作时我一直在自言自语，根本没法正常地和别人沟通，我的心被一种无法言传的紧张紧紧地拽着。前一阶段因为不能见到安娜，我感到很绝望，可现在却为即将和她见面而紧张得快要崩溃，实在是不可理喻，甚至是可笑。我真让人受不了，我更是忍受不了我自己。

下午，我回到家立刻躺倒在沙发上，旁边是蜷缩着的马里欧。我把衬衫领口处的扣子解开，深深地吸了一口气，我的裤子好像一直被一只无形的手卡着似的。马里欧一定做了什么可口的晚餐，满屋子飘着香味，可我毫无食欲。我记得当我们俩的视线交错在一起时，我看他的目光异常绝望。他马上感觉到了我的不对劲，内心被诧异和担忧占据着。接着他鼓起勇气问我想不想吃饭，我告诉他不想吃饭，想洗个澡早点休息。他噘起嘴偷偷地望着我，像是一只想要弄明白主人意思的好奇的小狗。他没再说话，走到厨房把桌上的餐具收了起来。我和安娜在周末之前不再聊天，因为两天后我们将面对面地交谈。因此我没有打开世友网，而是打开了浴室的热水冲了很长时间，想在能让我暂时放松的冲洗下净化自己。

那天晚上我发起了高烧，我的额头像是着了火，开始浑身发抖。我站起来找了一条厚些的被子，盖上后还是感觉很冷。房间开始旋转，我的头剧痛起来。最后我开始呻吟，我发出的低沉的声音像是窒息前的呼叫，尽管声音不是很响，但在安静的深夜里听上去让人感到恐惧。

马里欧听到我的叫声后很快飞跑着上了楼。平时除了上午来清扫一下之外，我在家的时候他从不进我的房间。他没敲门就走了进来，查看了我一下后就消失了，没过几分钟，他拿着一条被子出现在我面前。他把我的身体稍稍抬起来，让我的头能更好地靠在枕头上。他摸了摸我的额头，把被子盖在我的腿上，小心地把被子边塞好，不让冷风进到被子里面。随后他又下了楼，当他回来的时候，双手托着一个放着一大杯热茶和两片药的盘子。他喂我吃药，轻轻拍打我的背。接着我又艰难地喝了几口茶水。马里欧沉默地坐在我对面。我的呼吸很沉重。我享受着马里欧对我的照顾，之前那种绝望的感觉消退了，但我还没好，我头疼得厉害，全身在发抖。马里欧看我的眼神很怪异，像是在责骂我，但同时又包含着怜爱和理解。我避开眼光不去看他，我的状况有些悲惨，但别无办法。我又喝了点茶，茶水比之前凉了些，喝起来更可口。用背支撑身体的姿势让我觉得舒服了些，尖锐的头疼依然如故，但我承受得了了。马里欧在我的房间里又待了一会儿，他用探究的目光观察着我。渐渐地，他的形象变得模糊起来，我的身体陷入一种非常舒适、平静的状态中，我的眼皮发沉，我快要睡着了。在入睡前，我看到的最后一个画面是马里欧走到我身边，再次帮我整理了一下被子，最后轻轻地关上他背后的房门。

第二天早上十点多我才醒。尽管全身酸疼，但头疼消失了。经过了昨晚的一番折腾，我感觉还有些头晕，但比前一晚让人无法忍受的敲击般的疼痛好多了。我也不再发冷，只是感觉很虚弱。我起床后的第一件事就是取消当天的工作会面。

我穿着睡衣下了楼，马里欧做了热汤在等我。我微笑着向他表示要坐在沙发上，他给我拿来了一条薄毯子，然后把它盖在我的腿上。在喝汤前马里欧给我吃了两片药，温热的汤味道相当好，我贪婪地喝着。马里欧坐在我的对面，电视机开着但调了静音。随着我的体力开始逐渐恢复，和安娜即将到来的见面又让我恐惧起来。我一边对着汤吹气，一边望着远处发呆。我以为马里欧不会开口说什么，但我想错了。他在厨房整理好餐具回到沙发旁，开始和我说话。

“你怎么了？”他的声音听上去稳重而成熟，好像在我面前站着的是一位医生或是一个对我很了解的人，他想听我的倾诉。

“我发烧了，可能是着凉了。”我答道，并像个病人那样将毯子在自己身上盖好。

“我不是指发烧，我是说你最近怎么了？”他继续严肃地说道。

我惊奇地看着他，尽管他说话的样子显示出真切的关怀，但我不习惯他这样直截了当地提问。而我，也许出于一时的虚弱，也许确实需要向人诉说，于是我告诉他："我和一个女人之间有纠葛。"这句话不知怎么的从我的嘴里脱口而出，不过意思很明了。

马里欧一时间没明白我的意思，显然他完全不知道这段时间发生了什么。他停了一会儿没说话，像在思考什么，然后他说："你认识她很久了吗？进展得不顺利吗？"

"不，不，不是这样的，我们的状况有些奇怪，你不会明白的。"都怪我开启了这个话题，但那时我没有力气跟他解释，我的额头发烫，我咳嗽着努力地拉起毯子的边缘来盖住自己的脚。

"我觉得你要告诉我，你几乎要垮了，最好和人说一说。"他用一种前所未有的严肃的语气说道。他话语中流露出的真实的关心让我感觉很安全。

"我不知道，对这事我不想考虑太多。"我说。

他的脸上现出生气的表情，像是要训斥我："你怎么不考虑呢？你光想着这事了！这样很不好，去照照镜子看看，你人都垮了！"

我没说话，显然他说得没错。我想找些借口，但转念一想没什么意义，我已经懒得去整理自己的思绪了。

"我和她有个约会，但是我很紧张。就是这样！"这话听上去很轻松，像是我突然不在乎这件事情了。实际上却不是这样的，我看上去格外悲哀，尽管我的身体情况在逐渐好转，但只要一想到再过两天我就要面对自己制造出来的局面了，内心的担忧就不断膨胀。

“你为什么这么紧张？”马里欧不假思索地问道，“你们俩吵架了吗？情侣间经常会发生这种事，我们会找到解决办法的。”

他试图劝说我，对他完全不知情的事情向我提出一些含糊不清的建议，这让我觉得诧异（让我最难忘的是从他的语气里流露出的想帮助我的强烈意愿）。外面突然刮起了一阵大风，风拍打着栏杆发出的声响像是一种嘶嘶的哭声，一种来自另一个世界的悲鸣，声音高亢而突然。

马里欧一声不吭地站了起来，把大门打开接着用力关上，像是在进行一项天真的仪式，确认大自然的暴戾对人类不会产生危险。然后他又回到我身边的座位上。

“你认识这姑娘多久了？我知道这不关我什么事，不过我一点儿都不明白。”尽管我没有表现出不情愿，但他似乎没有因此而放弃努力。我的内心有一种奇怪的愿望：一方面我恨不得大地裂开把我吞噬了，而另一方面我想不惜代价来摆脱这样的困境。

“确切点说，我没见过她，马里欧，我的意思是，我没见过真人。”

我的话听上去模糊并且毫无意义，这真要命，如果不说得清楚些，我们这番谈话就是徒劳无功。

“我们是在世友网上认识的，那是一个交友网站。我们认识有一段时间了，但从没见过面。几乎每天晚上我们都会给对方发信息。我们约定这周日第一次见面。”

马里欧的反应很平静，站起身走向厨房，我们的交谈停了下来。过了一会儿，他拿着一个茶杯走了回来，把吃剩了一半的汤碗拿走。

“好……我不明白，你告诉我的这些哪是纠葛？难道你不想见她吗？还是出了其他的事？”

“听着，马里欧……算了，我这段时间不太好，很焦虑，我怎么跟你解释呢？我承受不了这一切。是我的错，开始了这个话题，都怪我。”

他不高兴了。“既然你向我敞开了心扉，为什么又停止了呢？难道你不信任我吗？”他的声音里透着不满。我感到很虚弱，不知道该怎么办。我的头很疼，最初的担心开始消退，取而代之占据我内心的是对即将到来的约会的恐惧。

马里欧看上去是真心想了解我的情况，也许这件事让他乏味的生活有了些意义。我不能冤枉他，他的确很关注我的精神状态。我不想回避他，他想了解更多情况的坚决反而让我觉得高兴，但我需要出去透透气，于是我用衣服把自己包裹严实后走进了花园。马里欧没敢跟着我。

我走到刚种下丛丛鲜花的门槛边，然后迈着平稳的步子朝小路方向走去。不得不承认，花园被收拾得整齐有序，但我对马里欧太冷酷了，无数次以花园为借口训斥他，这已经是司空见惯了。

我很喜欢轻柔的风吹拂在脸上的清凉的感觉，但每隔一会儿就像有把锥子在我的脑子里钻洞，提醒我和安娜的约会，这种折磨丝毫没有减轻。当然在这件事上是我加快了自我毁灭的步伐。

我一边散步一边思量着自己当初不该上世友网。那和我有什么关系呢？怎么就让自己陷到这种肤浅的事情中了呢？我实在是太幼稚了。我理应全身心地投入工作中，假如在正常情况下认识一个女人，那还可以。我为何要与命运抗争呢？那种无聊的网上相亲不适合我，但现在已经为时已晚。安娜应该正在为这重要的一天做准备，她一定也很紧张，但那是一种令人振奋的紧张，充满了渴望和急切，也许她还在镜子前为约会试穿衣服。她一直盼着这个见面。这是个满怀期待的生机勃勃的姑娘，企盼着和我在一起。而我却变成了一个躲在窝里，因恐惧而发抖的可怜的小动物。我可以一下子了结这件事，只要我上楼到房间干净利落地取消约会——谁处在我的位置都会这么想。这样一切就能恢复正常，不再是世界末日。但是不行，没有这种可能，这样的举动只会给自己烙上痛苦失败的印记，会带来一场我无力解脱的前所未有的灾难。如果周日我不去约会，那无疑会成为我余生的一个坏的开端。在长久的寻找之后终于遇到一个超出我期待的女人，我却要在成功之际取消见面。不，我不能开启如此巨大的灾难，如果我放弃了，就犹如放弃我自己的生命，这是令人无法忍受的。

随着这些想法的形成，我的脑子几乎要裂开了。没有任何好主意，没有任何解决问题的办法可以让我远离这个噩梦。我不停地深呼吸，尽管不再感觉头疼了，但也没能让我回到现实中。这种荒唐的局面实在好笑，但我没力气让自己远离奇怪的思维方式。

当我准备返回屋子时，我看到马里欧站在门口，远远地观察着我。“你会着凉的。”就在我告诉他想再独自待一会儿前，他用和之前同样的语调大声对我说：“你还很虚弱，最好进屋吧，外面风大，可别冒险！”我跟他表示我很好，不需要他。这次我的样子比较平和，不像平时那样拒绝他。

等我回到屋里，马里欧正在厨房专注地烹饪——如果我对他这种自觉的行为判断正确的话，他一定在准备什么好让我尽快强壮起来。而我呢，像是一个鬼魂似的倒在沙发上，失魂落魄地叹着气，沉浸在自己的思绪中。他偷偷地看我，但我没在意。他可能害怕对我过分关心会让我生气，因此显得十分小心。

大概过了一小时，饭菜做好了。马里欧用柔嫩的肉丁做了一道美妙的肉汤和一种我从没吃过的散发着清香的烤面饼。而几分钟之前还发誓说不碰任何食物的我，一看到饭菜就马上扑了上去，像是很久没吃过饭似的狼吞虎咽地吃了起来。马里欧也吃了些，当然不像我那样。也许意识到要回避之前的话题，他没再问我任何问题。

他做完家务之后外出采购，留我安静地躺在暖和的被窝里。只是当夜幕再次降临时，我的心情又沉重起来，这是我没有预料到的。在之前的几个小时里，我正处在忘却焦虑的虚无状态中，我暂时忘却了一切，这对我很好。但黑夜像个坏谋士，让我的血液开始燃烧，周日正在令人担忧地逐渐靠近，可我却在衰弱中挣扎，不能逃脱。

我一点儿都不想上楼回到自己的房间，我害怕那几个小时的孤独，我喜欢看着马里欧来来回回地忙碌着——那天他不敢开电视机。我决定留在客厅里，也许干脆睡在沙发上，这个主意听起来不错。马里欧问我需要什么，他建议我再来杯热茶，可我再也忍受不了了。昨晚的经历给我留下了疲劳和麻木的身体，但我已经好了很多，也就是说，我的身体在恢复中，但我的精神状况还不稳定。马里欧完成了所有的工作之后无事可做。电视机呢？就像我之前说的，那天晚上他故意不打开。一时间气氛有些尴尬，他坐在我对面的单人沙发上，然后站起来在客厅漫无目的地走来走去，最后迟疑地来到我身旁。

马里欧从我的神情和胃口判断出我正在逐渐恢复，可当他看到我抱着靠垫又陷到悲伤的情绪中、沉入黑暗的思绪中时，他的眼神黯淡下来。我不知道他是不是已经思考了很久，还是出于一时的灵感，就在我把头转向沙发的靠背时，他开口说道："你不想去了吗？你必须做决定，不能再这样继续下去了，越拖下去你的情况越糟，你自己心里清楚。"

我朝他投去了一种不太确定的眼神，希望不用我开口他就能理会我的意思。但最后我还是开口了："马里欧，我之前就告诉你了，我必须去，可我不敢，这就是为什么我现在处在这种进退两难的地步。"

"你还是要去？如果你要去，那必须等身体全好了再去，否则还是取消约会吧。"

我突然生气了，我雇用的员工告诉我该怎么办，是不是我给他太多权力了？我看着他严厉地说道："够了，马里欧，去打扫厨房。让我安静地想一下，我不需要你的建议。"

"行。"他用一种滑稽的方式短促地说道。他想就爱情问题进行一次男人之间的友好对话，但我对他的诚意没有一点感谢，这伤害到了他。他走进厨房发疯般地擦洗煎锅。

我又开始病了，疼痛慢慢地从胃部蔓延到全身，令人无法忍受，艰难的时刻在等着我。不知不觉中，我坐在那里睡着了。我没有睡很久，也就一个小时吧。当我睁开眼的时候，马里欧不在那儿，哪里都看不到他。我抬起身让自己更清醒一点儿，接着把腿伸直，我的身体又恢复到了之前的灵活。不过我不想站起来，不想做任何事。我情愿自己不存在，进入冬眠的状态，直到一切都被遗忘了才回到人世。阴郁在我的五脏六腑生了根，我是个失败者。我意识到亏欠了自己什么，我必须为我的人生做些什么，这不是正常人的样子。不用质疑也无须分析，我是个可悲的人，这就是我。问题是我不明白自己何时陷入了无能和腐烂的泥塘，如此意外而迅速——一份对爱的渴望以及与一个女人激动人心的恋爱却让我现在无助地蜷缩在一床被子下。

很显然我需要帮助，我一点儿不夸张，我很痛苦，任何人一眼就能看出来。马里欧回来了，原来他去花园了。他穿着一件工作服，手上沾满了泥土，一看见我就笑了："你睡着了。"他装出一副心情愉快的样子。我点头同意，接着咳嗽了起来。有一刻我想站起来，但马上就后悔了，倒在靠枕上不知不觉地叹了一口气。 马里欧的神色变了，他再次走过来在我对面坐下。他从一只很深的杯子里喝了几口茶，面对懒洋洋的我焦虑地晃着腿，过了会儿他开口说话了："那姑娘漂亮吗？"

这个问题有些出乎我的意料。不过在谈了那么多之后，我们的对话发生这样的转变倒也没什么奇怪的。

"不知道。也许吧，从照片上看挺漂亮的。"我没有抬头看他，装出对这个问题不太感兴趣的样子。

"她叫什么名字？"他继续问道。

我不明白这样刨根问底是为了什么。虽然我没兴致聊天，但我没有回绝他。

“安娜。”我说。

马里欧又喝了一口茶，接着问道：“她一定很想见你，这个你有没有想过？”他的问题合情合理，我不知道该怎么回答他。

“马里欧，我知道你很想帮我，但是你说的这些让我感觉更紧张了。”话从我的嘴边滑了出来。以我那时的状况，我连生气的力气都没有，我闭上眼睛想让自己的大脑休息一下。

“对不起，我只是想让你再冷静地考虑一下。”马里欧慌乱地说道。他把茶杯放在一边耸了耸肩，向我表明他没有任何恶意。

谈这些已经没有意义了。那几天的精神压力不仅影响了我的生理活动，更是表现在对待马里欧的态度上。我明显丧失了防御的盾牌，几乎失去了自我控制的能力。我的力气也在衰退，这主要反映在行为举止上，我说话缓慢，动作迟钝，这也影响到了马里欧，尽管他被我爆发的怒火吓得发抖，心里却明白我确实需要照顾。

带着各种模糊不清的想法，我决定返回自己的房间。继续留在客厅里也不能让我平静下来了，我感到厌倦，于是我蹒跚地走上楼梯。看得出马里欧很想来帮我，但我不让他帮，我自己上了楼。我的房间看上去空旷而冰冷，尽管那里曾是我生活了多年的私密空间，但我感觉不到一点儿亲切。我眼睛盯着地面，大脑停止思考，就这样我在床上坐了一会儿，然后我把被子拉过来，身体钻到被子下面。我躺着，用一种让自己平静下来的节奏呼吸着。房间里的黑暗程度各有不同，有些地方漆黑一团，另一些地方则透着些光亮，我似乎可以看到里面。我的眼睛像是在玩一种色彩的游戏，眼前是一片等待排列的云的队伍。如果不是那轻轻的敲门声，或许我已经甜蜜地睡着了。一开始，我以为那声音来自因精神疲惫而产生的幻觉，但那声音不断地重复，我才明白真的是有人在敲门。我小声地发出冷冷的一声：“怎么了？”然后门被打开了，黑暗中出现了马里欧的身影。

“你来这里干什么？”我用疲惫的声音说道，接着用更为严厉的语调又问了一遍。

马里欧用冷静而坚决的语气说：“我来告诉你我的想法，也许你会觉得有点傻。”他站在那个位置上不敢走进房间，从他站着的地方观察我的反应。

“你干什么呀？没看见我在睡觉吗？从什么时候开始你可以进我房间了？”我用熟悉的咄咄逼人的语气说道，尽管声音暴露出笼罩在我全身的疲惫。我打开一盏小灯仔细地看着他。虽然马里欧对他那大胆来到我房间的决定感到害怕，但他还是凝神看着我。

“好吧，对不起，要不明天再说吧。”他犹豫地说着，做出想关上门把我再次留在静寂之中的样子。我略微有些生气，几乎是用命令的口气让他走进来，不要吞吞吐吐。我把背靠在墙上，带着疑问看着他。马里欧显得很平静，但有点怪异。我催他赶紧说。

“你进来把我弄醒了，现在睡不着了。你想说什么就说吧，我听着。”我用手揉着眼睛，努力让自己从睡意中清醒过来。他犹豫了一会儿，终于开始说了。

“我想说，对于你那个约会，我有个想法。我这么想是因为看你真的为这事儿病得不轻，没有其他原因。”他先做了个小铺垫。我没听明白，示意让他继续。

“我是说，你病得这么厉害，不知道怎么的，我在楼下那会儿，脑子里突然冒出这个主意，也许是个馊主意，就是想告诉你。”

“赶紧说。”我快速说道，他这样模棱两可让我很生气。

他继续说道：“不，还是算了吧。”他又迟疑了，我的怒气在加剧。我指着对面的沙发，严厉地示意他坐下。他看我不高兴了，一副誓不罢休的样子，只得照着我的意思做了。他坐在沙发上，两腿无法控制地焦虑地抖动着，但目光里闪动着一种奇特的决心，想说的话要压抑不住了。

“好了，说吧。”我继续坚持道。

终于，他开口说话了：“这姑娘，你说的，和这个姑娘，安娜，从没见过面，是吗？”

“是的，是这样。”这是不言而喻的，我肯定地回答道，带着好奇继续听他说。

“就是说她不认识你，我的意思是，她没有亲眼见过你。”

“是的，马里欧，我告诉过你，都和你说过了。”

“对，对……我是想说，因为，就是说你现在的状况这么糟糕，我看到你这样很担心……反正也不是什么重要的事，你想不想让我代替你去？”

我过了好一会儿才对他的建议反应过来。我的背因为靠着冰冷的墙面而感到发冷，我往前靠了靠，手指无意识地绞弄着被子的边缘。还没等他弄明白发生了什么，我已经冲了过去，把他掀倒在地，开始不停地用脚往他身上踢。他不说话，只是用手当盾牌挡着我的拳脚。我一直踢到筋疲力尽才停下，喘着粗气疲惫不堪地躺倒在马里欧身旁的地板上。他没任何反应，也不说话。我的内心被一片苦涩的黑暗盘踞着，我非常生气，一股令人窒息的绝望令我浑身发疼。

“你怎么敢说这样的话？”我盯着马里欧，对他大声喊叫，像要把他撕碎。他赶紧说道：“我不想冒犯你，我说了，我这么建议是因为你的状况很糟，这只是我一时的想法，请原谅我，好吗？”他跳了起来，离我远远的，像是要躲避我的拳头。

我感到很累，分不清是在做梦还是真的发生了什么。最后由于我实在太虚弱了，马里欧只得扶我站起来，带我回到舒适的床上。发生的一切太离谱了，我不知该如何应对，我无法清晰地思考，那个时候我无能为力。我对睡眠和休息的需求远远超过了我想下床继续对马里欧发泄怒火。对于他那个不可思议的建议，我已经用应有的方式答复了。我再也支撑不住，倒头便睡着了，我睡了一个冗长而无梦的觉。

第二天几乎快到中午了我才醒，虽然全身发麻，但头疼和前几天出现的那些症状全部都消失了。我睁开眼睛，发了好一会儿呆之后，前一晚发生的一切才回到我的记忆中。我就这样又躺了半小时，最后决定起床下楼。

马里欧在花园里，两手沾满了泥土回到屋子。他看上去并没有担心什么，匆匆看我一眼便跑到厨房的水龙头下洗手，然后在厨房里忙活起来。我坐在沙发上观察他。我今天有一个会面，但以这样的精神状态没法外出，于是打电话取消了约会。电视机是开着的，既然没有其他事情可做，于是我开始观看电视里播放的节目。

马里欧在厨房那边惊讶地看着我，眼前的景象也许出乎他的意料。可能他本想过来看电视的，但我的存在打断了他的企图，他不得不待在那里。

直到下午，屋子里都保持着一片安静，有点像马里欧刚搬来时的情形——直到后来那次发生的对他的暴力行为。一般我们俩不说话，有时候会尴尬地对望一下，这已经成为我们共处一室时的生活状态了。

离和安娜的约会只剩下二十四小时了，用来思考和徒劳计划的时间快终止了。我用平静的声音让马里欧给我做杯咖啡，然后让他坐在我身旁，他按我说的做了，没有显出惊恐的样子。这也不是第一次，或许他已经习惯我这样的举止了吧。

记得那天我的声音透露着一种奇特的甜蜜，我很想知道自己的这番话在马里欧耳朵里产生的惊奇效果。

“关于昨晚你向我提出的建议……我冷静地思考了很久。”我开始说。马里欧听我说着，轻微地点了下头。

“好，你替我去，我同意。我自己搞不定这件事。要是取消约会，将是我最大的耻辱；如果没人去，那也是个灾难。这是唯一的办法，你的主意挺不错。”

马里欧没有丝毫反应，他的脸上也没有流露出任何出卖他情绪的表情。他用一贯的音调答道：“她从没见过你吗？那我怎么才能认出她呢？”

“实际上她没见过我本人，只见过我一张模糊的照片。从那张照片上看不出什么，完全可以当作是你。你知道我们俩长得很相像，现在看来这点对我们有利。”

“是的。”他若有所思地说道，好像在脑子里计算着什么，随后他问我，“那我呢？我怎么认出她呢？”

“那很容易，我有她的很多照片。”

他认真地听我说，我很喜欢他这种自律的、对我很负责的样子。我们默默地望着对方，像是等着对方做补充，那一刻我们交集的目光里是彼此的信任。稍晚一些时候，我让他来我房间，把安娜的照片给他看。

“她很漂亮。”马里欧说。

“是的，很漂亮……约会是明晚七点，在旧市政厅前的广场，你明白我说的吗？那儿有很多家咖啡馆，我们约在那里见面。”

“好的。”他带着令我放心的自信，简短地说道，接着继续问道，“她对你有些什么了解？”

“不是很多，比如我出租不动产，这是实情，还有我平时精神压力比较大，但她不知道细节，只是……只是我们在世友网上聊天时，我有一种……怎么跟你说呢？我有一种特定的风格，带有我个性特征的风格。这是我有些担心的，不知会怎样。”

“我知道你的个性，你以为我到现在还不知道吗？”他说得这样自然，让我感觉自己很傻，也许他说得没错。然而我给安娜留下了一个特定的印象，马里欧既不具备我这样的社交能力，也没有与我类似的对现实生活的常识。但总的来说，从外表上看，他是个相貌不错的严肃的男人，这点让情况变得相对容易些。况且他不傻，不是个肤浅的人，也许有些内向，没有我那样的与人交往的经验，但看上去还可以，我对他的形象是满意的。

“或许你说得没错，不过我还是要提醒你小心点。”我的话合情合理。我们的谈话在完美的默契中进行着，我没有丝毫生气或不自在，像是对一个我们共同准备了很久的计划进行细节方面的落实。

随后我们回到客厅一起吃了饭。我在慢慢恢复过来，主要是精神方面，身体已经全好了。我们又谈了一些关于第二天约会的事情，最后谈到了实质性的问题。

“我没有好衣服。”在谈话的间隙中，马里欧突然说道。他说得没错，但这不是什么问题。

“是的，我会给你的，别担心。”

我给了他衣服和一些钱，不需要再说什么了。那晚我睡得非常好，所有的思绪和烦恼一扫而光。周日早上，我吃了一顿丰盛的早餐，在美好的氛围中我们继续为约会做准备。

“她知不知道你住在哪里？”马里欧问了我这样一个有趣的问题，让我觉得很意外，我从没想过到这一步该怎么办。

“不知道。不过现在先别提这个，要说就说个大概的，只说所在的地区，避开具体细节。我觉得暂时不会发展到这一步。”我就这样绕开了话题，迫在眉睫的问题是下午的约会。

到了大概五点，我们几乎确认好了所有的事情。我不想对他施加太大压力，让他想尽办法假装成我，这样做不仅不得体也是白费力气。不管怎样，这是由于我没有勇气赴约而付出的代价，要发生的终究会发生，我无法控制一切。只是我要尽量保证他们约会时交流的基本信息不能与我以前告诉安娜的情况发生冲突。在对网上的聊天记录进行了一番快速回顾之后，我确认没有说过任何私人的信息。我们的对话围绕着我对安娜照片的赞美展开，占据最大篇幅的是我们对人生的孤独和困境所进行的讨论。直到重新阅读所有的对话，我才意识并感受到，我们很多次的聊天中都充溢着即将爆发的爱意，却从未找到机会明确地表达出来。

约会前一小时（离出发去中心广场前半小时），马里欧试穿了我的衣服。衣服很合身，显出一种得体的优雅，对此我感到很满意。最后，我们对着镜子看了看效果，更加确认他就是我的翻版。是的，不用多说他通过了我的审核。接下去，一切都取决于他在即将到来的约会中的表现了。

“你感觉怎样？”在马里欧出发前我问他。

“很好，完全没问题。”他微笑着自信地说。

“请你小心点，这个姑娘对我很重要，你要记住这一点。”

“我记住了。”我给他开了门，他在花园里走了两三步后停下，“好，我走了。”他毕恭毕敬地对我说。

我站在门口看着他离开。“祝你好运。”最后我说道。他转过身朝着市中心走去。我无声地关上门回到屋内，坐在沙发上。

一切都在顺利进行着，我毫不后悔。我意识到接受马里欧这个出人意料的建议，把我从沉重的精神负担里解放了出来，为此我对他十分感恩。

6

美妙的恋情

那天晚上，我沉浸在不曾预料的快乐之中。我走进花园静静地坐着欣赏了一会儿美丽的花朵，吃了一些清淡可口的食物之后上楼整理未来一周的工作安排，甚至还看了会儿电视，节目还挺有意思的。到了九点，马里欧还没出现。这很正常，两个人第一次见面总是需要多点时间来互相了解。总之，肯定是进展顺利，他们过得很愉快，所以没必要马上回来。这是个让我放心的好征兆。

到了十点，我开始有些担心。好吧，没什么让人震惊的，过去了三个小时而已，对我来说这时间也挺正常。但从那时起，每过去一分钟都让我感觉不自在，是不是发生了什么奇怪的事？我没和马里欧谈过第一次约会该持续多久，但我们怎么能预测这种事情呢？这不光幼稚，还毫无用处，因为这种事情是没法计划的。

差不多十点半的时候，我听到门口的钥匙声。我首先让自己保持镇静，不要将自己的焦虑在他面前爆发出来。我保持着原来的坐姿，看着马里欧走进洗手间很快地洗了手，走出来把我借给他的西服脱了下来，不带任何表情，或许带着一丝若隐若现的微笑在我对面坐下。

“怎么样？”我看着他的眼睛直截了当地问道。他看上去心情很好。

“一切顺利。”马里欧简单地答道，把左手放在沙发的靠垫上。

“说吧，马里欧，告诉我。”我还在装模作样，但声音里流露出了饥渴，我已经等不及了。

“她是个很好的姑娘，而且很漂亮，和照片上一样。”他补充道，接着又停了下来。

“告诉我发生了什么。这么长时间你们去哪儿了？说呀！”

“一开始我们在一家咖啡馆，就是市政厅旁边的那家。之后大概八点半左右，我们换到了广场尽头的一家餐厅，大道前的那家，我不记得餐厅的名字了。我们没吃饭，只喝了点东西。”他这样轻描淡写地说着，让我不能确定他是想让我生气呢，还是在平缓我的急躁情绪。

“好，好。她的确很漂亮吧？人好吗？我们聊天的这段时间，我觉得她很温柔。”

事实上我不知道该问些什么。一方面我觉得最好先冷静下来，整理好自己的思绪，但一种无法描述的渴望破坏了我的计划，话不由自主地冒了出来。

“是的，你说得没错，她人很好。”他简短的回答显然无法让我满意，我有点想发火了。但是不行，这样做是错的，我们俩正处在一种不同寻常的状况中，我要保持些耐心，我会了解到一切的。

“怎么样，她觉察到什么了吗？有没有怀疑什么？”

“不，不，完全没有，她怎么会怀疑呢？”

“谁知道呢，可能我给过她一些你不知道的信息，会让你为难。”

“别担心了，一切都是按照计划进行的。”

我满脸放光：“就是说她喜欢我，对我的印象很好，是吗？”

“我们过得很愉快，很有感觉。我们甚至可以在一起待到早上。”

这番话有点超出了我的预期，我不知道他是怎么做到的，不过我已经高兴得快要跳起来了。

“真的吗？你干得太棒了！也就是说，她对我没任何疑虑？”

“没有，情况完全就像我说的那样。”

“很好……但是你还没告诉我你们具体都聊了些什么。不过没关系，我不烦你了，重要的是我们的计划成功了。”我做了一下总结，只是这话暴露了我强烈的忧虑。

“是的，我已经告诉过你很多次了，别想太多。”

“马里欧……就是说我表现得很好，你是这意思吧？”

“是的，非常好。”他严肃地重复了一遍。

他看上去有些累了，这一点儿都不奇怪。原本那天晚上马里欧要准备下周的采购清单，还要去花园浇水，但我让他别做任何家务，放下一切去休息。我很想知道更多，让他把所有的细节一字一句地描述给我听，但转念一想，如果情况真如他说的那样，对第一次约会我还能有其他什么要求呢？听马里欧的意思，这次约会是旗开得胜。的确如此，二十分钟后当我回到自己的房间，看到世友网上有一条安娜的信息在等着我。

我的心快要爆炸了，“我只是想告诉你，你很出色……比我想象得更好……谢谢你。”我用颤抖的双手简单地输入了一句话：“你也很好。”我呆呆地看着她的信息，看了很久。幸亏在我回复之后她没再说什么。其实那时我根本没法继续聊下去，我需要领会所发生的一切，在脑子里形成一个概念之后才能将局面控制在手中。

尽管是这样想的，可实际做起来却很困难。第二天一大早，我收到了安娜想要马上再见到我的信息，这在预料之中。我没有马上答复，第一次约会之后，必须找到一种新的联系频率。我还没有适应新的状况，尽管我已经喜形于色了。安娜很喜欢和我在一起！毋庸置疑，马里欧的工作很有成效，但我才是那个引导我们关系发展的人。

那天和新客户的见面，我表现得很愉悦也很健谈，他们被这种愉快的会谈方式吸引住了，最后我们签订了一份对双方都有利的合约。下午的会面也是如此，我的精神状态与前几天那种毁灭性的样子截然不同。真是个好消息，非常好，只是我必须找到一个和安娜联系、发展关系的正确速度。不管怎样，让我为现在的状况庆祝一下吧。我给了自己几小时的自由时间，在回家之前，我去了一家酒吧，对在场所有的人微笑着喝了两杯威士忌。安娜感到很兴奋，这可不是件小事。我的心被快乐和轻松的感受温暖地包围着，当然如何和她保持自然接触的这个问题还有待解决，但很快会被处理的。在经历了那么多之后，我有权把所经受的恐惧抛于脑后，从困境中获得补偿。谁能预料到这个被我雇来的人竟成了我情感问题的解锁钥匙。叔叔最忠诚的仆人，那个我认识多年却从没引起我重视的人，将我从毁灭中拯救了出来。我真的很感恩，同时我的脑中存留着一些还没成形的困惑，但一切都将会确定下来。

我回家后做的第一件事是看看马里欧怎么样了。和往常一样，他在厨房做饭。最近他减少了看电视，也许是厌烦了。他的样子看不出有任何异常。我向他问候，他很谨慎，丝毫没提安娜。我在桌子旁坐下，他给我端上晚餐。像平常那样我们聊了一会儿关于要采购的东西以及后几天他要支付的账单等事情，吃完饭后我就上楼了。我很喜欢我们不再谈论我的恋爱，在这件事上，是我拥有指挥权，他没有任何权力。他严肃的姿态再一次让我对他大为赞赏。到了我来创造未来的时候了，我打开了世友网，给安娜发了一条信息："一整天我都在想昨天的约会。"她的回复很快就来了："我也是，只想着这件事。"她继续写道："你觉得我们什么时候再见面？"紧接着又写道："如果你愿意，我现在就可以。"面对这样的反应，无须努力理解她话里的意思，我确信自己已经赢得了她。我们约定星期五再次见面。

第二天早上，我通知马里欧："星期五我和安娜有约。"

"星期五？好的。"他没有流露出觉得很突然的样子，只是把餐具放在桌子上。接着，像是想起了什么，他说道："星期五下午我要整理花园，我已经订购了肥料，怎么来得及？"

"别管花园了，你在说啥呢？马里欧！"我手里拿着一杯牛奶，略带严厉地看着他。

"我还想问你些别的，马里欧。"他惊讶地回过头来。"上周日，那次约会的时候……有没有发生过，我是说，你有没有碰过安娜？你明白我意思，不需要告诉我具体的细节。”

“没有，没发生什么。只是在最后分别前，我们牵着手走了一会儿，只是这样。”

“明白了。”我说道，又喝了一口牛奶之后满意地向他告别，出门去工作了。

我的庆祝应该收尾了，是时候控制好自我考虑下一步的计划了。我和安娜的实质性关系刚刚开始，前景美好。周五的第二次约会我必须赢得她更多的好感，在我们之间逐渐建立起严肃的关系是非常重要的。一整天我一直被这样的思绪牵引着，但我的注意力时不时被客户的谈话打断，好在我处理得很好。迫在眉睫的问题是要给马里欧正确的指导，我担心他会干什么蠢事让这一切烟消云散。

那天晚上当我到家时，马里欧正在花园里，他在围墙的右边种上了一排花草，看上去很漂亮。我微笑着把他叫进屋来。

我飞快地吃完晚餐，然后就像你们可以预料到的那样，开始与他分析我的想法。

“马里欧，这第二次的约会非常重要，也许比第一次更重要。初次见面的兴奋感已经过去，现在要开始建立我们的关系了。”

我看得出他对我的话没有特别的兴趣，他看上去一副很无聊的样子。

“马里欧，请你注意听我说，认真点。我知道第一次你干得很棒，对此我很感恩，但接下去的约会很重要。”

“好吧，我听着。”他向我保证。

我满怀热情地继续说道："很好。你必须努力让安娜更加为你倾倒。她已经发狂了，我们的开端不错。我不会过分地要求你，你只要像上一次那样继续下去就好了。"

"那我去哪儿呢？"

"你这是什么意思？"

"如果我们想单独在一起的话，我带她去哪儿呢？这里不行，对吧？"

"不，天哪！这里可不行。"我惊慌地站了起来，这可不在我的计划中。

"好吧，她也是一个人住，也许可以去她那儿。"马里欧试图让我平静下来，可这是个必须解决的严重问题。

入睡前我想出了解决办法。在我出租的房产中，有一间可以用作办公使用的屋子，就在红楼边上，租不出去长期空置着。因为没什么人对它感兴趣，我几乎把它给忘了，很长时间都没有去过那里。屋子有一个很大的带有床和会客空间的房间，一个窄窄的客厅和浴室，对于那些想组织活动的人来说不太合适。那是一栋很独特的旧式建筑，位于城市的中心位置，好好收拾一下就可以成为一个理想的爱巢。

既然已经开始，就不能有错误的余地，我必须迅速行动。我一直努力获得一段新的感情，现在终于有了一个好的开端，我必须小心行事，不能毁了接下去的发展。在为恋情的发展感到一种愉悦的焦虑的同时，我始终保持着清醒的状态。我雇用了一个正确的人，马里欧是一个很称职的代表。我根本没想过他会把事情办砸，我完全相信他。这样的确信不是出于我的天真，而是因为选对了人。没有人能够如此正确无误地处理这种细腻的事情。我对自己的选择很自豪，也原谅了他没有目标、被动的性格，还有在电视机前虚度光阴，这些都不重要了。我们已然被非常私人的事务联结在了一起，是比责任或是商业交易更深刻的东西，我们到达了另一种境界，这令我感动。我不清楚马里欧对所发生的一切是怎么想的，不过我认为他应该同样感觉到这种联结，以及正在发生的新状况。

“你这次要更加注意！”

“我该怎么做呢？”

“没什么具体的，我不想让你紧张。你像上次那样就好。只是注意点别把事情弄砸了。”

“好，我会的。”

“我有个想法要告诉你。”我把那个可以作为民用居住的办公室告诉了他，“我把钥匙给你，明天你可以抽空去看一眼，熟悉一下环境。算了，还是我们一起去吧。如果她对你住在那里感到奇怪的话，你就说你的房子正在维修，暂时住在那儿。或者找些其他能让她相信的理由。”

我发现，当我和马里欧谈论和安娜有关的事时，他不像我那样激动。他听我说着计划，看着我焦虑的样子，没有丝毫的反应或担忧，好像这只是他工作新的一部分内容而已。当然这并没让我感到特别的难过，或许他毫无感情地处理这件事更好，他就是个执行者，代表我行事。那就让他继续扮演这个角色吧。我敢肯定他一定感觉到这件事的重要性了，他可不傻，能看出我只对这件事关心。周五的约会我认为是非常关键的，如果这次约会顺利，就意味着我们的关系可能会确定。常常是头几次见面很好，但随后越来越糟。不，我不能让这种情况发生。

在周五到来之前——这期间我和安娜没有互发过信息，我对约会结果的焦虑比上周日更严重了。上一次是如释重负甚于迫不及待，而第二次约会的那天早上我就感觉自己要崩溃了。相反，马里欧表现出令人反感的平静。欣慰的是我和安娜在世友网上不再像前一阶段那样频繁地聊天了，我们之间的进展达到了另一个层次，对网上聊天的需求开始慢慢冷却。毕竟那种方式的交流无法和真实生活中的面对面相比，我认为她这样想很正常，为什么要起早贪黑地躲在一个显示屏后面？没有什么比完完全全地活在爱情中更好。

随着周五的临近，我变得越来越迫不及待，马里欧任何一个举止方面可能的错误都能毁掉一切。当然，如你们所知，我对他百分之百地信任，即便如此，我不可能完全掌控局面。约会那天早上，我和马里欧一同去了那个办公屋，带他看了一下房子，我也再次确认了房子的情况还不错。为了让房子显得有人居住，我购买了一些东西——万一他们要去的话会用到的，包括一些食物、饮料、酒水，还有一些我能想到的小物品。马里欧对我的举动没发表任何意见。检查了房子的情况之后，我立刻离开去见一个客户，马里欧则独自回家。

我不想在马里欧出发前不在家，想办法尽快结束了会面，赶回家和他聊了最后的一些细节。实际上马里欧只是听着，而我始终显得很担忧。当他准备就绪，我对他认真地查看了一下，确定他比上一次更精神更帅气。给了他足够多的钱和房子的钥匙后，他出门了。我在内心祈祷着一切顺利，带着阴谋成功的微笑关上了大门。

我不知道该干些什么，尽管有几份合同等着处理，还要写几封信，但我只想着和安娜第二次约会的事，根本无暇顾及其他。我坐在沙发上久久地盯着天花板和家具。

后来我走进厨房找了点东西吃，然后倒在沙发上打开了电视机。我漫不经心地看着电视里播放的节目——电影、广告，不停地换台直到把自己弄累了，在一部老的黑白电影前停了下来。时间一分一秒地过去了，没有任何马里欧的消息。这很合理，当然也令人高兴，他们肯定一直在一起。无数杂乱的思绪涌过我的脑海。

深夜了，我斜靠着沙发闭上了眼睛，不知不觉中睡着了。我做了一个很短的梦，惊醒后我环顾着四周，最初的几秒钟我还昏昏沉沉的，被深深的忧伤笼罩着。我想到也许这时马里欧正躺在安娜的怀里，而我却躺在一面电视屏幕前。对此我倒是真的不介意，它没触动我的伤疤，我也不感到嫉妒，我只是意识到一个事实：处在有利位置上的我没有抓住机会进入这个故事。幸亏这是个在半梦半醒中产生的想法，没有让我感到特别不快。我站起身活动了一下身体，计算着马里欧已经离开了多久，一切又显得非常正常了，疑虑也烟消云散。

更晚一些时候当我的眼皮因疲倦而感到越来越沉重时，我上楼回到了自己的房间。我觉得很安全，心情很好。我很确定他们一定去了办公屋，喝酒喝到现在是不可能的。我想尽量表现得冷静一些，暂时忘记这件事，于是决定去睡觉。不管怎样，第二天他会告诉我发生的一切。我在床上辗转反侧了很久，快到黎明时才睡着。很显然马里欧和安娜在那个简易房子里过夜了。当我脑中不停地想着这个事实时，大脑就像处于一场大爆炸的边缘般兴奋至极，我多想在一旁观察发生的事，但我除了等他第二天早上回来别无其他选择。每个钻心的想法都是徒劳无用的，我必须马上了解第二次约会的进展，然后为每种情况设计我的计划，浮想联翩就是浪费时间。

十点左右我醒了，尽管身体还处在沉睡之后的僵硬中，但我急切地跑下了楼，我很确定马里欧不是坐在电视机旁就一定在厨房里，也可能在花园里，总之肯定是回来了。

当然也有可能他去休息了，但我怎么能知道他睡了多久呢？对，也有这个可能性，他在我睡着的时候回来上床的。然而我查看了屋子的每个角落，仍不见马里欧的踪影。怎么回事？已经很晚了，他几点才回来？就算他们在那里睡着了，到了早上还不醒吗？安娜看上去不是个容易失去控制力的人，她似乎有避免自己做出这种事的能力。可这都是些什么可笑的想法啊？我真蠢，想的全是些无稽之谈，如果真是为自己好的话，我应该剥夺自己思考的权利。现在就耐心地等他回来吧。为了让自己平静下来，我走进花园开始散步。我绕着房子走了一圈、两圈……十圈，强烈的城市噪声进入了我的耳膜，唤醒了我内心某种愉悦的感受。

这时我注意到有一簇花稍稍地从大花圃里挤了出来，于是走过去抓住枝干的边缘想把它们往上拉齐。一开始我用的力气太大了，几乎把整个花丛都弄坏了。第二次就小心多了，我用了一个更好的办法把它弄直，拉回到正确的位置上。花园非常美丽，景象和马里欧来之前完全不同，不光种上了花草，还经过了重建和全新的布局。所有的规划都经过了精确的计算，可以连通花园各个部分的小路被铺设开来，各种植物色彩缤纷，令人赞叹。花园的美通过巧妙的方式在我们的眼前一览无余地展现，极具品位。土壤也更加柔软和肥沃，和以前长期的干旱截然不同。马里欧还总是强调他不是园丁，他不懂这方面的事，谁能相信？我在沙发上坐下，打开了电视机，电视里正在播放一个愉快的关于年轻人活动的节目，我看着电视，眼睛时不时往门口那儿扫一下。已经十一点了，他还要多久才回来？刚过十二点，我听到了门那儿有钥匙开门声。我立刻关掉了电视机的音量，嗓子口像是被什么东西堵住了。我看见马里欧走了进来，下意识地想站起来，但最后还是保持着坐姿。

他看上去很好，没流露出任何让人担心的神情。他含蓄地对我微笑了一下，走进了洗手间，从洗手间出来后在我对面的沙发上坐下。我们俩对看了几秒没说话，然后我开口了："告诉我。"

"一切都很好。"

"马里欧，请告诉我。"

"我告诉你了，一切都很好，别担心。"

"那怎样了呢？说呀，我很担心。"

"我们一起过夜了，你懂的，对吧？"

"对，我明白，你没回来我当然就猜到了。"

"是的。"

"发生了什么？昨晚怎么样？"

"很美妙，真的非常美妙……"

他轻快地说道，但几乎没带任何表情，像是在回答考试题，但更像是我在对他进行调查，可他没向我提供我想要的细节。

“马里欧……我想知道得更多些。到底发生了什么？”

“我们碰面后在市政厅后面的一家酒吧喝了点东西，然后就走了，就是说，去了隔壁，换了一家酒吧。天差不多要黑了的时候，我们准备离开。我想把她送回家，我们在路上走着走着停了下来，开始亲吻。”

“亲吻！”

“是的……”

“感觉好吗？”

“很好。”

“继续说。”

“是我建议她的。”

“什么？”

“去办公屋。”

“明白了。”

“一开始她还有些犹豫不决，但我们又亲吻一会儿之后，她就同意了。”

“然后呢，在那里好吗？按照正常进行？”

“非常好。”

我把他一个人留在那儿，走进了花园。对于这个举动，我和他一样感到很吃惊，但我需要暂停一下这场怪异的对话。我呼吸着新鲜空气，在花园里走来走去。回到屋子的时候，我看到马里欧一动不动地坐在原来的位置上。

“马里欧，我想问些具体的。”

“好。”他平静地等着我的提问。

“你们有没有，怎么说呢，你和安娜有没有身体上的接触？”

“我一开始就告诉你了，这是个很棒的约会，相信我，你不用再问了。”

“然后你们一起睡着了？”

“是的，凌晨的时候。所以我回来晚了。”

“好，马里欧，好，你可以继续去做你的事了。”我说道。其实我还想再多聊一些，我想了解更多细节，比如他们整晚聊了些什么，安娜怎样表现的，告别的时候是什么样的，我想知道他们幽会时血脉贲张的每一刻。但从马里欧那里是什么都了解不到的，让他自己张嘴把事情的进展告诉我几乎不可能，我必须清楚地明白这一点。

马里欧按照我说的去做了，他换了衣服回到自己的工作中：烹饪，外出采购，忙着日常的家务活儿。周末在最佳的状态中开始了。我和安娜的关系进展理想，从马里欧的描述中我体会到某种属于我和安娜的深沉而热烈的东西已经开始酝酿。过了一两个小时，我才对目前的情况有了一定的认识。不可能有比这更好的进展了，我体验着一种不可名状的喜悦，一种从未有过的幸福和满足感充满了我的五脏六腑。我竟然这么成功，慢慢地我才找回了我自己。我的唇边挂着持久的笑意，我的眼睛闪着光芒，这不是故意装出来的，是快乐由内而外地在脸上的自然显现。我还没想好接下去做些什么，也许去外面吃个饭，也许签完那几份合同，此刻没有什么能让我兴奋的心情平静下来。既然那时我就已经是这样激动的情绪了，那你们一定可以想象当下午我发现在世友网上有一条安娜的信息时的状态。

一开始我呆住了，随即清醒了过来。

“我刚醒……你怎么样？一两个小时的睡眠不够，我又去睡了。我好累，不过觉得很幸福，你要对这个负责。”

我答道：“我睡了会儿，两小时吧……我也觉得很幸福。”我的心剧烈地跳着，要适应这新的状况，我必须保持冷静，重整旗鼓。我把话题接了下去：“昨晚你很棒，真的没法用言语去表达。”

“我很喜欢听你这么说，但我没你那么棒。尽管我只见过你两次，但你已经改变了我的人生……不知你听到这话会怎么想。”

“我不知道该怎么说……你让我感动。”我确实快要哭了，我深吸了一口气。

“我要去一次超市，趁超市现在还开着。我们再聊。”说着她下了线。

我目瞪口呆地盯着屏幕，一遍又一遍地读着我们的对话，读了一百遍还不过瘾。这么出色的姑娘爱上了我，这不是远距离的恋爱，不再仅限于无聊的对话，她感受到了我的身体、我的欲望，她感受到了激情，我让她感到满足。她终于知道我是谁了，我还能要求什么？

我走下楼，要抑制这无比的兴奋不是件易事，我要逐渐适应，努力控制自己别让澎湃的心情显露出来。我坐在沙发上打开了电视机，饶有兴趣地看起电视来。与此同时，安娜的模样一直出现在我眼前——她的笑容，她写的那些话。她很幸福那是因为我的原因。我在脑子里一次次回放昨晚我们在一起的时光，即使在梦中也没有想象过如此幸福。

在我思忖着这些时，马里欧跑来跑去地干家务，打乱了我的思绪。我不想让他在我面前出现，对我来说那是个魔幻、神圣、崇高的时刻。我一直期盼着这样的爱情，等了这么久，既然现在获得了，我就要享受这时刻。但马里欧在我边上转来转去打扫的样子让人扫兴。可另外一想，他自愿做出的贡献很有成效，我没权利像以前那样对他发火。说实话，我必须承认他也为这幸福付出了努力。

接下去的周六的夜晚令人惊喜，我只是给安娜发送了一条甜蜜的信息，向她道声晚安，没想到原本应该在午夜前结束的对话一直聊到了凌晨三点。那晚的情景让我想起了我们在世友网结识的最初几晚，不同的是，现在我们之间有了一种令人愉快的坦率。我们拐弯抹角地聊着昨晚发生的事，互相调笑着直到周日的凌晨，并且约好了在下周的某一天再见面。之后我疲惫不堪但极其幸福地躺倒在床上。

我无法忍受内心的汹涌澎湃，周日那天我设法控制这情感的冲击，心血来潮地想到了徒步。我离开家开始在一条漫长的通往城市边缘的道路上步行，那是通往省会森林的国道的开始，即使开车路程也不短，以前我从未步行到过那里。我清醒且坚定地在路上走着，必须在正式的恋爱故事开始前，抵御住由此带来的那股巨大的喜悦。不是我不喜欢，只是陷在这种无法控制的混乱情绪中是危险的。我的举止像个恋爱中的少年，虽然听上去很美好，但对像我这样的人是个陷阱。那马拉松般的散步令我筋疲力尽，过了好几个小时后回到家时，我疲惫得像一匹饥肠辘辘的狼。马里欧看见我虽然显得很累，但却心情很好，充满活力，为此感到很奇怪。他给我端上饭菜，是他拿手的肉汤和面饼，我用前所未有的速度吃完了饭，冲着他微笑。他看了看我垂下了眼帘，像是想弄明白我脑子里在想什么。但不需要他琢磨了，我立马开诚布公地说道："安娜显然爱上了我，你的工作做得很好，保持同样的热情和策略继续下去吧。"

"好的。"他简单地回答，低垂下眼睛开始清洗盘子，然后用一块湿布擦拭厨房的备餐桌。

"我会告诉你什么时候你们再约会，总之会很快，现在不要有太长的间隔期。"

他摇晃了下头表示同意。我很需要休息，在甜蜜的精神困倦中歇息一下。我对未来充满了焦虑，但我感到非常满意。假如几周前有人跟我谈论这样的事，我会说如果是真的就太好了，可那是不可能发生的。

新的一周的开头几天我非常活跃，连合作最久的客户和银行的职员，甚至是银行经理都对我表现出的欣喜感到奇怪。我和他们开玩笑，唇边一直挂着甜蜜的微笑，愉快而迷人。这种情绪自然也影响到了之后的会晤，客户无法和我这个具有强大的精神动力的对手抗衡，我以史无前例的速度签订了两个条件极好的协议。我好像变成了向周围的一切释放快乐的能量源。

就这样闪电般地过了两天之后，我和安娜又在世友网上聊了很久，并计划好了第二天的约会。我们打算先去吃饭，也许会稍微散一下步，最后去办公屋。安娜对见面迫不及待。第二天一早，我就向马里欧宣布了这个新的计划。

“晚上我和安娜有约会。先去吃饭然后去办公屋，我觉得不需要再向你解释什么了。”

“好的，那我来得及去超市吗？”他问了我一个意外的问题。

当然来得及，只是我想让他准备充分些，看上去精神一点儿，而不是憔悴不堪。

“你别管了，我去吧。”我迅速地答道，然后给了他一套新衣服和足够多的钱，准备出门去采购。

“你重视点，带她去一家高档餐厅，别随便找一家！等会儿我推荐给你几家广场那头的餐厅。”就如一直以来的那样，他同意并开始准备起来。

我把采买好的东西装上了车，这个过程让我感觉疲惫，我有很长时间没做这样的事了。但是和安娜的约会时间马上就到了，我可不能毫无准备，疲惫不堪地去赴约。马里欧作为代表把她带到我身边，我要将她更紧地抱在怀里。回到家之后，我把所有的购物袋都拿下车，然后把东西一样样放进柜子和冰箱里。

马里欧穿着一套我的黑色西装迟疑地看着我，这衣服他穿着比我更合适，安娜将无法抗拒他。我煮了一杯茶，坐在沙发上打开了电视机。我向前伸出两腿，享受着无忧时刻。马里欧还在准备，一切按部就班进行着，只等着看今晚的进展。他可不能搞砸了，这是一场轰轰烈烈的爱的开始，激情和渴望如潮水汹涌，我已经准备好了。傍晚，在马里欧离开前，我像往常一样仔细地确认好他身上的一切，意味深长地冲他微笑，允许他出发去会安娜。

对我而言，这是一天中最美好的时刻，我焦急地等待着，但对约会的结果我始终充满自信。一连几小时，我坐在沙发上看电视，嘴里咀嚼着食物，对合同和未来的活动计划毫无兴致，我只想享受这段空白的时间，沉浸在没有担忧的幸福的真空中。我真的那样做了。那也许是这几个月以来最让人舒心自在的夜晚了，我大吃了一顿。像往常一样，这样做的后果是让我无法入睡，但我真的非常开心。我忘记了一切，看电视的确能让人放松。我一边吃一边看，时不时爆发出快乐的笑声，每隔一会儿我就跑去冰箱那儿（幸亏早上买了很多东西把冰箱塞得满满的），头埋在里面寻找新的东西吃。对于约会我没有任何担心，我几乎确定一切都很好，只需等着马里欧给我正式的确认就可以了。他们很可能第二天中午才会收拾好屋子离开。临睡前我收到了一个同行的信息，从他写的内容看，他想和我谈一件重要的工作，但没有提及其他的细节。我没答复他，我要到第二天才能去处理这事儿。凌晨两点，我带着精神和身体的满足倒下睡觉，那是没有梦的完整无缝的一觉。

当我回到现实已经是上午十点了，马里欧自然还没有回来。我还不需要出门，为了在马里欧返回时见到他，我把第一个工作会晤安排在了下午。希望他别太晚回来，我可不想带着焦虑离开家。

我走进花园，最近这段日子我没让他做家务，花园开始出现杂乱的迹象了。土壤不像之前那样新鲜，有些植物的枝条需要修剪，要发现这些需要一双善于观察的眼睛。和以前总是忽视花园相反，现在的我已经熟知花园的形状，以及马里欧为美化花园所采取的方法。既然现在有时间，我就拿起水管，打开水龙头开始给周围浇水。水落在地面形成一条条小水沟，把水引向一个水槽，这是马里欧为了避免花园被水淹而修建的。照顾属于自己的东西的感觉还挺不错，我在花园里待了大概半小时，上楼回到自己的房间换衣服，随后下楼又打开了电视机边看边等。

下午一点半左右，我听到了马里欧的声音。他进来的时候我对着他微笑，像在欢迎他回来。他脱下皱巴巴的西装在我对面坐下。他的脸看上去红红的，头发也不像往常那样安分地贴在额头上。

“怎么样？”我问道，脸上仍挂着微笑。

“一切都还行……就是说……非常好。”

“这次怎样？”

“很棒，我无法形容，非常好。”

“怎么说？”

“我们聊得很好，在一起时有触电的感觉。”

“这太棒了！”我叫道，内心涌出一种如释重负和幸福感混杂的强烈感受。这样的描述足以让我感到满足，其他都不重要了，我已经获得了想要的东西。

“我们在一起的时候非常美妙，我从未想过。这个姑娘……我实在没法描述。”

“对，我可以想象得到。马里欧，我想问你，现在事情是不是走在正轨上？”

他似乎没理解我的意思，带着疑问看着我。

“我的意思是，听上去这关系在往好的方向发展。她是不是比第一次更爱我？”

“是的，我是这么认为的，肯定是的……我们一刻都无法离开对方。”

“棒极了！我没有其他想说的，你尽职尽责，做得已经超出了预期。”

“行。”他说。也许他没有什么要补充的了，我看如果再继续问下去的话，会太难为他了。因此我告诉他可以去做他的事了，我不需要再问他什么了。

或许我不太清楚约会的细节，也没有发现这次约会的特别之处，但我已经获得了我想知道的东西。我可以确定我们的关系在发展，每一步都越发坚实，因此其余都是次要的。没错，我很想了解安娜的更多方面，她的吻是怎样的，她的肌肤有多么柔嫩，包括想知道在约会的那几个小时里她说些什么。她是个严肃的人吗？她开不开玩笑？还是始终保持着迷人的模样？有没有因为一个笑话而突然变得很聒噪？我没有什么资料可以用来丰富自己的想象，马里欧不是个能够满足我对这类事情好奇心的合适人选。当然我也不是不知感恩，我已经让安娜属于了我。我们的交流变得越来越紧密，也许我不再需要为每次新的约会而焦虑了。我不知道，也许下这样的结论还有些为时过早。

那天晚上，当我结束两个艰难的商业会晤回到家，上楼想休息一下的时候，收到了安娜的信息，更加肯定了我的确信。我读着她那充满激情的语言，一股电流穿过我的全身。

“我非常想念你。尽管只见过你三次，但我感觉你就是那个人。也许你读这些话的时候会觉得好笑，可我情不自禁地想向你坦白。”

我回答道：“你写的这些令我如此快乐，不，我不觉得好笑，你让我感动。我和你有同样的感觉，安娜。”

“昨晚是那么美妙……闭上眼睛那些时刻又出现在我的面前。我不敢相信生命赐予我如此巨大的礼物。”

“你的话让我无法承受，我的心被撕成了两半。”我深吸了一口气写道，那一刻感觉自己几乎发狂。

“我想见你……我想一直看到你，离开你长夜漫漫。”

“我也是度日如年。”我说，随后不知道该说些什么。

“我想现在就见到你，我渴望得全身都在发抖……”

“我也很想。”我受到对方话语中涌出的激情影响，不假思索地答道。

“现在见面？你想吗？”她没加任何修饰地发来了这几个字，这是个在爱意升温下的冲动的提议。

“是的，现在……我想的。”我写道，停顿了下来，我不知道接下去会怎样，等着她的反应。

“真的吗？”她问道，我仿佛看到她快要为这个突然到来的没在计划中的约会快乐地尖叫起来。

“是的，是真的。”我继续说道。但不是我在写，是我的手在复述整件事情的发展，我只是旁观。

“我过来吗？我半小时就可以到，我洗个澡马上就来。”

“我等你。”我说着停了下来，异常焦急地跑向楼梯，三步并作两步下了楼。

楼下的灯是关着的，那时已经很晚，马里欧已经睡了，只有一盏位于厨房和客厅之间的小灯还亮着。我不知如何是好，大脑一时停止了运作，只知道时间在一分一秒地流逝。没有其他选择，我走近马里欧，对他低语道："马里欧，你睡着了吗？马里欧……"

一开始他一动不动，我像在对着一块石头说话，但当我重复叫了两三遍他的名字后，他惊恐地转过身，奇怪地看着我。

"出什么事了？"

"没事，别担心，别怕。"

他换了个姿势，把手撑在床上，看着我等我开口。

"我和安娜约了见面……就是现在，只剩下你换衣服出发的时间了。"

他没说话，显然对听到的话还没反应过来。

"什么时候？"

"现在，我不是说了吗？不到半小时了，赶紧起来换衣服，我开车送你过去。"

"我还在睡觉呢。"他用瞌睡的声音说道。他肯定没弄明白事情的紧迫性。

"马里欧，情侣都是这样的，有时候会冲动地做出决定。现在我们需要讨论这个吗？我求你了，起来做准备吧，只剩下一点儿时间了。"

我踏着精神十足的步子走去打开了灯，向马里欧表明他也必须活跃起来。只见马里欧缓慢地起身走进洗手间，趁这空隙，我跑上楼拿来了给他换的衣服。马里欧从洗手间返回时显得精神了些，但还是看得出是刚醒不久。我请求他再去用冷水洗下脸，然后火速换衣。过了一会儿，他准备就绪，我们钻进汽车，我发疯般地加大油门赶路。

“如果她先到达，你就找个理由，说你出去扔垃圾或者因为夜深了，你故意下楼等她。”

“好的。”马里欧兴致索然地答道。我瞥了他一眼，他看上去还不错，开始恢复活力了。

“行了，祝你好运。”到达之后我对他说。他打开车门连看都没看我就一眼就走了。我立即把车在原地掉了个头，加快速度消失在黑夜中。

还好我及时赶到了，当时的情况真有点悬。这种冲动的做法可能不适合我这样的人，但我不能伤了安娜的心，她是那么想见到我，如果我不能满足她的这个愿望，以后我会感到内疚的。我可不想在这个美妙的故事里做出任何带有风险的事，一切必须像开始时那样完美地发展下去。我回到家便倒下睡着了，我体会到一种极其轻松的感觉，我又变得平静而幸福。我必须给马里欧好好地涨一次工资。他努力工作理应得到更优厚的报酬，他把所要求的工作做得很有成效，值得获得我对他的认可。毋庸置疑，如果没有他的帮助，我和安娜的关系就没法获得这么大的成功。

第二天早上，我重复同样的流程，先在花园里给花草浇水，接着设法把花丛里一些分叉的枝叶整理干净，然后坐在沙发上看电视。最近我对电视很着迷，就连我自己都无法解释，这项活动令我感到很快乐。幸好那天我不用出门，其实我可以去趟银行，找那位非常乐于为我服务的银行经理处理一些财务方面的事情，但最近几天我的脚步变得越来越沉重，没有出门的兴致，不过我为这其中的原因感到特别高兴。我打开冰箱，在盘子里装满各式各样的吃食，盘坐在舒适的沙发上边吃边看一部喜剧，接着又看了一部很有意思的关于行星形成的纪录片。时间还不是很晚，可我已经因为吃得太多而动弹不得。快到下午一点的时候，我听到了熟悉的钥匙开门的声音，马里欧回来了。

在我们开始交谈前，我注意到他的神情有些不同，他看上去很虚弱，我吓了一跳，猜不到发生了什么事。

“马里欧……你还好吗？”我跑到他身边。马里欧在沙发上坐下，草草地把西服脱下。

“是的，我还好，只是非常累，我快累趴下了。”听他这么说，我心中的一块大石头落了地。我拿过西服，把它挂在椅子上。马里欧侧着头，快要睡着了。

“你累了？安娜呢？一切都好吗？”

“是的，只是我们一晚上没睡。”他说着，审视地往空荡荡的盘子和电视机上扫了一眼。

“别担心，你坐着休息。”说完我走向厨房。

我拿着一杯水回来，把水递给他，他一口气喝完了，看上去很困的样子。

“我给你做杯咖啡，你喝了可以清醒一些。是呀，你还没合上眼睛我就突然把你从床上叫了起来，你根本来不及休息一下。”

马里欧喝完了水，坐在原地一动不动。我把咖啡和几块饼干放在一个托盘里，把托盘轻轻放在他跟前，然后来到沙发的另一头，在一个角落的位置上坐下。一开始马里欧没动，但很快就大口地喝起咖啡，嚼着饼干。

“安娜昨天怎么样？是不是像往常那样？”我明知故问道。马里欧没有立即回答，带着怀疑的目光看了一下周围，像有人在旁边监视我们。

“安娜……怎么说呢，非常热情，我们在一起的时候她像是失去了理智。”

我很喜欢他的这个评语，他继续说：“但我和她一样，也是差不多这样子。我很喜欢和她在一起，一点儿都不觉得厌烦，我想更经常见到她。”

他最后的那句话像是对我提出的一个请求，我怎么能反对呢？

“马里欧，我没有说不行，而是恰恰相反。但我想先和她约好。我和安娜的关系要保持一种平衡，我们对对方的渴望要处于同等的程度，你明白吗？”

马里欧只是摇了下头。

“我会安排你说的那些。但就如你所知道的，拥有这样的关系是我等待了很久的，我非常重视，我要尽力维护。”

他还是没说话，不过看得出他理解了。他从盘子里拿起最后一块饼干慢吞吞地吃着，然后他向我宣布，他想一整天休息不做任何工作了，因为他已经很累了。他果真在床上躺了整整一下午，不知道他是不是真的在睡觉，我看到他一会儿睁着眼，一会儿又闭着眼。而我一直在厨房和电视机之间穿梭，这样的重复有一种无法形容的乐趣，我头一次感到很满足。我知道如果上楼一定会看到安娜的信息，她会告诉我多么喜欢和我一起度过的夜晚，等不及想再见到我等等。可我不想过早开始这一套，我想拥有一点儿完全属于自己的时间，但这么做改变不了什么。

这种预测很快就被完全地证实了。晚上十点，我决定上世友网看看，她等我时的字里行间流露出一股情感的高潮，显然安娜陷入了这迅速成长的且每分每秒变得愈发猛烈的爱情之中。“我无法再独自生活，我想一直和你在一起”“没有了你，时间是虚无的”“昨天的经历是如此不真实，我已经想不起当时的感觉了”，还有其他类似的表达她爱意的信息。从她这些倾诉中可以得出两个结论：首先，马里欧是相当出色的专业人士，找不到比他更让我满意的人了。其次，尽管现在还有些为时过早，但我和安娜之间的关系已经有了坚固的基础，它的强大不容我怀疑和犹豫。我承认就在那天晚上，之前对这段美妙感情的未来发展的不确定感离我而去了。你们看，这姑娘甚至可以为我奉献出她的生命！

一开始我的回答很节制：“我不知道如何下笔，你写的这些话就像来自我的内心，就好像在聆听我自己的心声，我不知道再说些什么……我分分秒秒都在想你。”

看到这个答复她再次激动起来，她想和我聊天，我很理解。她先是问我是不是感到疲劳，我是不是真的和她一样很享受，然后说了其他很多小事，比如我们喝的葡萄酒，我们开的玩笑是多么好笑，让我们乐不可支。我当然不知道她说的到底是什么，只是含糊地附和了一下。我留意着不让网聊的时间太长了，因为网聊已经没有太多意义了。我们的关系进展到了另一种模式：彼此靠近，一起度过时光。那么继续在世友网聊天还有什么意义呢？我需要的确定感就在眼前，已经得到了，我要平静地享受这种感觉。但我对这个发现感到有些困扰，还没决定好用什么样的心情去面对，只知道需要一些空间来理性地享受这个胜利。当我在喝咖啡或看电视的时候，我的每寸肌肤都要感受这种确信，我要给这种感觉留一些空间，不能把时间全花在安娜身上。

第二天工作的时候，这种困扰一而再再而三地在我的脑海里出现。当然我对恋情的发展感到由衷的高兴，同时还在努力寻找管理时间和保持联系的办法。保持良好的气氛是关键问题，马里欧必须竭尽全力在发生的这一切周围制造出坚硬的保护壳，就算没有出现任何裂缝，也要在我们周围建造坚固的防护罩。我不要嘎吱作响、摇摇欲坠的东西，我要的是安全和稳固。

在确定下一次约会前，我已经准备好了提议，但我要等到合适的时机再去实施。那是周日的早上，马里欧和安娜度过了无眠的一夜之后，疲惫不堪地回到家。他随意在沙发上坐下后让我给他做一杯咖啡，尽管有了很多次让我放心的约会，但我还是想先确定他们的约会是否顺利。

“一切都好吗？”我问马里欧。记得那个早上，这个熟悉的问题令他不高兴了。我很诧异，因为我觉得他已经习惯我这样问了。

“你可以停止每次都问我这个问题吗？”他皱着眉不高兴地说道，额头上显出两道皱纹来。

我没说什么，走到厨房做了一杯咖啡。好吧，没问题。怎么可能出岔子呢？这段感情刚开始不久，没有什么能威胁到它，还是不要每次在他回来的时候逼迫他了。我认为是时候把我的想法告诉他了。

“马里欧，这几天我一直在考虑一件事，我想说给你听听，就是给你提供一种可能性，不知道你会觉得怎样。”他有些好奇地看着我，咖啡还很烫，他慢条斯理地吃着饼干。

“我和安娜已经交往了一段时间，我看我们之间的关系开始稳定下来，具体的细节我不清楚，因为我和她的唯一接触是通过世友网。尽管如此，很显然我们的关系在更肥沃的土地上发展着。”他皱起眉头露出不解的样子，我没多做解释继续说道：“简单地说吧，我觉得和她聊天已经没有意义了。我们只是交换些爱的信息，为了让我确认她对爱的渴望没有改变。既然每次约会都让我很放心，那么我可以结束这种方式的对话了。所以，我想，”在进入正题前，我下意识地停了一下，“我是说停止和她对话，因为她经常提到你们在一起时发生的细枝末节，我不知如何反应，那就由你来和她对话吧。我给你在这里装一台电脑，你就像我那样，继续在世友网上和她聊天。当然不需要加以特别的关注，只是当你有兴致的时候。

马里欧不露声色地听我说完了这些话，我猜不透他是不高兴还是赞同，他喝了几口咖啡，呆呆地看着前方。

“你的意思是现在就我一个人和她聊天，你完全不和她交流了？”他想弄明白我的打算。

“是的，就你一人，我和她没什么可说的了。”我迅速答道，不需要再解释什么了。

“好吧。”他简短地说，声音里完全没有透露出任何感情色彩。

“我想要的只有一件事，请记住，马里欧，我保证以后不会再向你提一个字了。我要你高度重视这段感情，我不想失去安娜，如果失去她，那对我而言是个巨大的伤害。你要向我保证这个。”我补充道。我想已经说得很清楚了，没有其他需要补充的了。

“好，别担心。”他说着靠在沙发背上，几乎睡着了。

“就是说，你完全同意？”

“同意。”他用往常那种简洁的方式回应我。我没料到就这么容易地把问题解决了。

当天晚上，我给了他一台手提电脑，并把我的世友网登录密码告诉了他。从那以后，我们再也没有提起这件事。我唯一的要求是，当他收到安娜的第一条信息时告诉我，让我知道他们的第一次网上聊天顺利进行，没有奇怪的情况发生。

马里欧的确这么做了。第二天早餐时，他轻描淡写地告诉我，昨晚和安娜聊了很长时间，没有什么可让人担心的情况。听到这个消息，我感到仿佛一股喜悦的飓风从我的头顶吹过，我努力控制住自己，不要表露出内心的狂喜。稍晚些时候，当我穿着最好的西装坐进汽车出发前往第一个会晤时，我感到如此满足，全身散发着快乐的光芒。这是个不可辩驳的事实，一个在我的血管里流淌的事实。我一边开车一边自言自语，不再需要为了点小事就担心了。我和安娜之间的联系是坚实而不可动摇的，我们生活在一个只属于我俩的梦境中。从此以后，我再没有对网上聊天的紧张了，事实明摆着，这里存在很多危险，而且危险会逐渐增加。在安娜和马里欧约会的时候，他们会交换很多信息，这些信息很快就会让我无法应对。我如释重负，享受着那些处于激情之中的，同时拥有稳定关系的人才享受得到的甜蜜和平静。我对马里欧将负责一切感到万分高兴。

7

恼人的工作

我再一次在工作的时候精神焕发。那天的会面像是我的专场表演，我凭借自身的魅力将一个公认最难对付的客户的反对意见驳回，把最贵的一个场地租赁出去整整一个月，用于举办金融研讨会。在这场胜利之后，我去银行办理业务，尽管银行经理坚持让我多留一会儿，好向我介绍一个非常好的理财计划，但我借口要参加一个工作午餐很快便离开了那里。我想在下午到来的会晤之前休息一下，找家安静的酒吧喝杯啤酒。最近尽管在工作上获得了巨大的成功，还有与安娜之间的良好关系带来了活力，我却喜欢待在家里，享受一些小事带来的温暖气氛：若干食物，一杯咖啡，在花园里散步，甚至是看电视。所有的一切在大声地提醒我，我已经找到了想要的东西，其余的都不重要了。诚然，事业是我生命中重要的部分，但不能和内心相关的事物相提并论，个人的生活永远处于第一位。所有人都知道，没有一个爱和支持你的人，没有一份稳定的感情，事业上的成就几乎没有意义。

我在停车场边找到了一家酒吧，一般那里没什么客人，但那天正好是附近大楼里的公司的午休时间，到处都是职员。不过人流并没影响到我，我找到一张靠墙的桌子，墙上贴满了电影明星的照片和画像。我贪婪地喝着啤酒。过了一会儿，只见有人远远地在向我打招呼。我前面的那张桌子旁坐满了人，酒吧里烟雾弥漫，我没有马上认出他来，但随即我看出是谁了。多么凑巧，那是一个最近给我发过短信的朋友，他想和我谈一笔生意，而我在恋爱的狂热中竟然忘记这件事了。他是这座城市里少数几位同行中的一位，事实上我们的生意很特别，因为很少有像我们这样有一系列的房产提供租赁的人。我和这位朋友曾经交往密切，他拥有三处大型剧场式会议厅，其中一座可谓是建筑瑰宝。他积极而开朗，很讨人喜欢。见到我他显得非常高兴，手里拿着半杯酒走过来之后，先礼貌地询问是否可以坐在我旁边，我当然很乐意，帮他拉过一把椅子，让他舒服地在边上坐下。

“你怎么样？我们好久没见了！不过前不久我给你发过一个短信。”

“是的，请原谅我没回复。我的确想着要回复你的，只是事情太多给忘了！”

“没关系，不用回了，趁现在这个机会我就告诉你。”

“好，我听着。”我边说边用目光寻找服务员，准备给自己点第二杯啤酒。

“最近有笔大生意，不是马上，要过几个月。只是现在就会来几个人谈这个单子，他们想签订合同确定下来，同期还会有很多其他的活动。”

“你不想和他们签吗？”我脱口而出，眼睛却还在搜索服务生。

“当然想签了，我不是说了吗，他们还问我要其他的场地，我就马上想到了你，还能是谁呢？他们有很多活动资金，如果失去这个机会就太可惜了。”

“谢谢你！”我不假思索地说道。接着他继续告诉我更多的消息。

“他们是高林市的企业家，会组织所有的流程。我再说一遍，他们愿意付大价钱，会有很多人参加他们的活动。我觉得这是个极佳的机会，值得去试试。”

当听说这些人来自高林市，我就慌神了。不，这不是我的机会，我受不了这些人。每次和他们进展到谈判前，我的精神就要崩溃了。可朋友并没有注意到我的不快，仍继续说着。

“明后天我会把你的信息给他们，让他们和你联系。他们会很快来的，相信我，很快会约见面。只是你要记着点这事儿。”

“好的，谢谢你。”我微笑地说。他一如往常地识趣，向我告别好让我把酒喝完。

当接下来的会面结束后，饥肠辘辘的我驱车回家。刚踏进家门，我就看见马里欧在厨房的桌子旁喝咖啡。我和他打了个招呼后坐下，让他马上把饭菜端来，可他耸了耸肩，面无表情地看着我，告诉我他一直在世友网和安娜聊天，来不及做饭。

“一整天？”我很诧异。

“是的，她说个不停，不让我走。她看上去那么幸福，我不忍心停下。”

我笑了，这姑娘真的为爱发狂了，我还有什么可担心的？

“好，好，我明白了。”说着我站了起来，打开冰箱拿出一些吃的开始做三明治。

马里欧专心地喝着他的咖啡，丝毫不注意我。我拿着盘子坐在沙发上吃了起来，顺手打开了电视机，我感觉特别疲惫。不得不承认，这是我一天中最幸福的时刻。在城市里疲于奔命地度过了很多年，也许那些年我在工作中赚了点钱，生活却很单调，没有丝毫惊喜。当我终于获得了一份美好的关系、一份稳定的情感生活，我不该拥有宁静的时光，休息一下吗？那晚我又好几次跑到冰箱边拿吃的，后来几乎在电视机前睡着了。马里欧把电脑搬到床上和安娜聊天，还好他很谨慎，避免打扰到我，我根本听不到他的声音。快到半夜时，只见他穿着夹克和一双前几天我借给他的新鞋，突然出现在疲倦的我面前。

“怎么了？”我在半睡半醒中用嘶哑的声音问道。

“我走了，安娜一会儿去办公屋。”他说着径直朝大门走去。

我满意地看着他喊道：“祝你们过得愉快，你知道……”他没回答，甚至连看都没看我一眼。

我愉快地回到了舒适中，心脏在平静地跳动着，我感觉清醒了一些。经过了这段时间，我和安娜的感情排除了一切障碍，恋情进展非常顺利，现在我们的关系相当稳固，我感觉很安全。

深夜，当电视节目结束之后，我上楼来到自己的房间，收到一份短信。短信是中午碰到的那位朋友介绍的公司发来的，内容是关于高林市的那笔大生意。短信这样写道：我们得知下一阶段您有一些闲置的场地。在下一个月的月底我们需要三个大宴会厅。如果从您的同行那里获得的信息准确的话，请联系我们，以便我们就经济方面的协议确定会面的日期。我们大概一个月后到达贵市。谢谢。”

第二天我又收到了一条短信，这份信息详尽地阐述了他们的需求以及场地的使用时间。看得出他们非常有条理性和组织性。读着这些简短的信息，凭我的经验我明白，如果运用好谈判技巧，他们是可以付大价钱的。同时租用三个大宴会厅，并且租期很长，这真的是难得的机会。很可能我能谈下一个特别高的价格。这实在有些讽刺，为什么他们偏偏是从高林来的？这么多城市都消失了吗？我和高林人的交往是一次比一次糟糕，听上去可能有些不可理喻。如果我面对的人碰巧来自那里，结果总是很悲惨。可能他们外貌上有些什么东西让我觉得不舒服吧。以前，他们的自负、专横和无耻让我受了很多苦。好吧，我会和他们见面，看情况再说，在那之前我不必为此紧张，再说我还有那么多有意思的会面的。让我感到不安的是我对工作失去了兴趣，我需要更多时间留在家里，留在和安娜的恋情中。整天在外面为了工作奔波，把个人生活放在次要地位，对我来说是不可思议的。

那些日子，我不停咀嚼从冰箱里找来的一切食物，尽可能长时间地看电视。我意识到自己人生中的前半部分是在工作中度过的，包括最后那段恋情。我很少为了恋爱而放弃工作，即使在爱得最热烈的时候，我也不可能为了享受爱情而牺牲事业。但我绝对不可能对安娜犯同样的错误。

在随后的几天，马里欧每天晚上都和安娜见面。他晚上离开家，第二天中午回来，然后睡觉，准备约会，出门，周而复始。

我呢，为了不打扰他，不得不给自己做饭，亲自洗衣服。既然马里欧要关注爱情的顺利发展，那我干扰这种发展就是找骂。每天晚上，我迫不及待地等着他离开，好让我赶紧怀抱一堆零食坐到电视机前的座位上。和客户的会面越来越匆忙，我快速谈好协议，并一个接一个地安排会面，这样就不会有让我不得不留在外面的空隙时间，我可以早点回家了。

这样的状况持续了大概十几天，每天晚上马里欧和安娜一起消失，我则怀抱着食物蜷缩在客厅里看电视。为此我竭力缩减工作时间，在这期间，我去超市购物，给自己做简单的东西吃。马里欧连个鸡蛋都不煮，他不是在世友网上和安娜聊天，就是出去和她约会。我开始更积极地收拾花园，这项业余爱好带给我很多乐趣。不过我还不怎么会整理，我的动作很笨拙，对园艺的了解以及对花草树木的栽培知识微乎其微。一切都在平缓地进行着，除了要和高林人会面而产生的紧张之外。他们继续和我保持着联系，我们约定好十天后会面。我已经开始后悔，感觉到会有纠纷，只是因为此次场地租赁的价格比正常的高出三倍而没有取消。要放弃这件事并不是个容易做出的决定。尤其是那段时间，我对谈判失去了兴趣，所有的单子只是走流程，我只想尽快谈妥，好赶紧回家。我知道自己没有耐心去面对这些讨厌的高林人。或许是我错怪了他们，而且在和他们见面之前就给他们下定义并不公允，但我们往往会从过去的经历中做出判断。就我个人而言，所有和他们的代表进行的会面最后都会成为毋庸置疑的灾难。

马里欧在某天中午回到家，我记得那天是周二。我很想再向他询问和安娜感情进展的事（最近一段时间我们没有谈过类似的话题）。他显得很不耐烦，不想回答我，让我别问无聊的问题。突然间，我几乎想大叫起来，狠狠地骂他，但我不能冒这个风险，我和安娜的未来事实上维系在他身上，因此我竭力显出平静的样子，不想继续激怒他。但还不止这些，他又跟我挑剔起花园的不好来。他走到外面看了一眼花园，说不相信自己看到的景象，我的粗枝大叶差不多把花园全毁了。我试图向他解释花园目前的状况并不重要，我做这些只是为了愉快地打发时间，而真正让我揪心的是维持和安娜良好的关系。但我没得到任何回答，他一个字都没说就走进了浴室。

那段时期有种隐隐的快乐让我享受着这种状态下的每分每秒，显然我对这样的生活方式产生了某种依赖。我对自己没有丝毫的愧疚，最后一次感到喜欢自己的人生已经是很久以前的事了。我何必去破坏这崭新的令人愉悦的现实呢？我很重视马里欧对花园的不满意见，经过一番思考，我购买了一大套园艺丛书，在大量阅读之后尝试对花园进行整修，尽管这花去了我很多空余时间，可非常有意思。我还不得不处理日常的生意会面，然后随便给自己做点吃的，虽然我对做饭还是不在行，但也渐渐习惯了自己做的饭菜。

马里欧比之前更专注于安娜，就如你们所明白的，我无法把他从带给我幸福的成就里拉出来，这幸福对我来说更重要。总之这样的日常生活即便让人疲劳，但我也仍然喜欢。我一点儿都不讨厌照顾自己、打扫房子，并且保持爱情的新鲜度。马里欧全然被安娜吸引住了，而安娜呢，显然也是疯狂地爱着。马里欧从不向我透露任何安娜的情况，他显然是有意识这样做，好让我别逼他回答那些他一点儿都不喜欢的问题。我当然明白这些，所以不去打扰他。当我看到他为了和安娜在一起，精神亢奋地在两个房子之间奔波就够了。无论是谁，只要稍加注意，就会发现他们间的激情没有丝毫消退，这真是令人佩服，而我比任何人都为他们感到高兴。

这日复一日的生活却意外地在一天中午中断了。马里欧从例行的外出回到家，我发现他以一种奇怪的眼光看着我，和平常不一样，我马上明白他有事要告诉我。那天我出奇地焦虑，从早上开始就被即将来临的与高林人会面的紧张情绪困扰着。他胡乱地把沙发拉了过去，我不得不把电视机的音量调低，好听到他说话。

“随着时间的推移，安娜想要的东西越来越多。”他直奔主题，我却不明白这句话背后的意思。

“什么更多的东西？”我问道。

他解释道：“她不满足我们这样的生活状态，她觉得不够。”

“她觉得什么不够？她想要什么？”我问道。我真的不懂他的意思，我好奇地等着他的回答。

“最近她总是旁敲侧击，说既然我们相处得这么好，却分开住着，我们为什么不住在一起呢？就是这类的话。”

“住在一起？真的？她这样说的？”我感到很惊奇，不知不觉中站了起来，随即又坐下，我绝对没料到会听到这些。

“从上周开始，她时不时地在聊天的时候抛出这个话题，尤其是这几天，她更加坚持了。所以我要告诉你，我不知道该怎么回答她。”

"没错，没错，你做得很对……好吧，我们会再商量。你先暂时回避这个话题，让我考虑一下，我会告诉你的。"我匆忙结束了谈话。我对当下发生的情况没有任何心理准备，平静被打破了。必须给突如其来的状况找个对策，但在我还没完全理解所听到的事情之前，是没法和马里欧讨论的。我需要时间冷静地厘清这新的状况。只是这奇怪的状况发生得有些不合事宜，我已经因高林人的事而备受折磨，现在更是加剧了我的紧张。

那天晚上是我后来由于各种各样的想法而整夜失眠的开始。最棘手的当然是突然而至的安娜的期望，我还无法消化并把它作为事实去接受。我需要集中精力好好思考这新问题，如果要诚恳地面对自己，那就是，对这样的变化我还没做好准备。她是想同居吗？可是，这有点太快了吧？她爱得很狂热，可她一向是个理智的姑娘，怎么会被狂热的情感席卷而做出如此冲动的举动？这是关系到人生命运的重要决定，不该是心血来潮之下的选择。

我在床上翻来覆去了一个晚上也没想出办法来。或许安娜带给我的是我一直梦想的爱情，她爱我爱得痴狂，我们俩之间某种强大的东西变得越发坚固起来。但我不确定自己是不是想走出同居这一步，至少不是现在。那段日子我享受着她全身心投入的爱情、疯狂的激情，但现在要谈的是另外的、完全不同的、会产生某些我无法预知的后果的东西。她为什么这样着急？她的要求改变了一切，令我几乎要生气了。看在上帝的分上，让我们在爱的奇遇里再享受一会儿冲动和自由吧！要同居做什么？

我的初衷不是要把我们的关系弄得多严肃，我想要一种坚固而充满活力的关系，它可以震撼到我，但不要改变我的日常生活。住在同一屋檐下的主意对我没有丝毫的吸引力，而且我也不需要。首先家里没有多余的空间了，而且马里欧和我住在一起也让我花了很长时间才适应过来。现在还没到再次改变的时候，不，不管从哪个角度去看，都不能改变。

那次和马里欧的简短交谈让我迷失了方向，也把我再次带入了担忧的状态。加上我之前说的高林客户的事，你们就能明白我的压力有多大。早上的会面让人根本想不起那个曾经充溢着快乐情绪的谈判人——他是多么迫不及待地想回到沙发和电视机前，我又变成了一副懒散无语的样子。一天，就跟平常那样，我在尽快完成例行工作，迅速回到家时，发现马里欧已经回来了，正在睡觉。我知道他会直奔世友网和安娜聊天，所以一看到他醒了，就赶紧问他那个棘手的问题："马里欧，昨天怎么样？我的意思是，安娜有没有再问起同居的事？"

"没有，这次她没问。"他简单地答道，杜绝了谈论有关这件事的可能性。

"一点儿都没问吗？行，行。"我自言自语地回到电视机旁，只是失去了像往常那样的心情。

至少在那天晚上，她没再提起关于同居的事，那就等着下一步的进展吧。我应该注意不要被这件事弄得如此焦虑，要冷静对待。命运就是如此，我有很多，实则什么都不是的问题亟待解决。我经常与自己对话，我的身体里总是有个声音在敲打着大脑，我的头颅好似一个由血肉制成的音响发出各种震动和叫声，而这叫喊声反复出现直至毁灭我的意识。结果就是让我不断地推翻之前的想法，因为每个合理的联想在下一时刻就变得不合情理和怪异，同时又会向我揭示令我无比信服的人生真理。

我时不时地问马里欧，关于同居的事情他们有没有重新谈论过，而他总是给予同样的答复，说从那天起安娜没有再提起过。好笑的是，三天后我开始对安娜放弃那个提议感到不满，看上去她的期盼消退了，这对我们关系的发展不是个好征兆。

最终我不得不暂时放下这个难题，因为我即将面对与高林人的谈判。我犯了一个错误，就是答应他们会出席计划中的会面，这样我就不能不去了。不管自己是否对他们有对立情绪，我都不能在他们面前失去尊严，到目前为止，他们和我交流时表现得彬彬有礼。

为了暂时摆脱这精神上的困扰，第二天我一头扑在整理花园上。花园里植物茂密，那个季节需要让花园保持合适的空气湿度，因此我开始清理植物的残叶，用喷水来增加场地的湿度。根据经验，我知道首先要用蒸馏水清洗植物叶子，然后打硫黄加以保护。另外，根据从书上学到的园艺知识，我又种了一些不需要土壤、只要在底部铺上小石子就能生长的植物。对我这个没什么经验的人来说，这是一项要求细心和条理的活儿，我对所做的一切完全没有信心。整个流程就我的能力而言有些复杂，先要在平地上把小石子铺好，然后把植物的根部按照轴线的位置准确地铺上去，接下去是浇水和补充水肥。

打理花园的工作虽然成功地让我的身体处于劳累的状态中，却没有将我从担忧中解放出来。整整一天，我被安娜提出的同居要求和与高林人签订协议的会面这两件事折磨着。不幸的是，从情形上看，还没等我反应过来我就重新回到了困境里。我的精神状态发生了逆转，从与安娜的恋爱关系所带来的稳定的情绪和宁静快乐，一下子跌进了越来越大的旋涡之中，像有一把无形的钳子在精神上紧紧地夹住了我。我快要被一口水淹死了，但或许只要换个方向，我就能轻易地从绝境中逃脱出来。从某种程度上看，这并不是为了寻求出口，而是要找到压力的起源。我被日渐强烈的敏感情绪所困扰，一想到要回到之前的那种状况就让我无法忍受。最近这段时间我过得平静而快乐，这是我努力为自己的人生争取到的，我可不想让这座城池塌陷。我开始喜欢自己目前的生活了，我不想倒退，绝不容许这样的事情发生。

我久久地在花园里漫步，花园的工作已经结束，但我还想把脑子里的事情整理一下，在没有想好如何解决问题之前我不会进屋。只有面对困境，我才能尽早回到平静中。最终我选择了乐观之路，即便是两个引起我严肃思考的问题，也不至于破坏我和谐的生活，做人可别太认真了。

我怀着稍好一些的心情回到屋里，直奔浴室冲了个澡，换好衣服，马里欧很快就要回来了。我给自己冲了杯茶，思量着最近几个月发生的事情。我的生活如流水般变化着，现在它已完全变了个样，对此我是有特殊理由的，我没有权利不高兴：我需要有人来照顾家，就找到了他；我想要新的爱情，就得到了。那为何还要抱怨呢？我理应感恩命运。尽管如此，人生不全是美好的，总是隐藏着些小麻烦，我必须接受这个观点。

当马里欧回来的时候，这个想法很大程度地影响到了我的言行，我比往常更平静、更加悄无声息，我什么都没问，而他也是一个字也没说。只是当我把装着咖啡和点心的托盘放在他面前时，他才张嘴干巴巴地说了句“谢谢”。可以说到了夜晚，由安娜的事情所引起的焦虑被我排到了第二位，和高林人的谈判成了我最大的担忧。过几天他们就要来了，我必须面对他们，这情况无法改变，没有任何改变的可能。当然除非我出尔反尔，但对由此而产生的后果我也没做好准备。

就这样过了大概一个星期，每天我总是等到马里欧回来后才离开家，带着平静的心情去工作。到了晚上，我就在家边吃东西边看很长时间电视，还胡思乱想。

正式会面前两天，我收到了最终确认的信息，再次将我关进了痛苦、狭窄、没有出口的硬壳里。就算和安娜日渐增加的感情也没法宽慰我，就算努力看轻这件事也没能把我从压力中解脱出来。

我一遍遍地读着他们发来的消息，却不敢回复。会面定在一家豪华酒店内举行，并设有宴请，一切看上去诚意满满、井井有条。很多次我几乎要被自己的样子笑死了，我对自己说：好了，去吧，不就是一次会面嘛，哪至于有这么多执念？但很快这种轻松的想法就被活生生的现实吞没了，内心的尖叫声让我心力交瘁。园艺和烹饪（尽管我对烹饪的了解微乎其微）无疑成了我那段时期最好的治疗。

马里欧却完全不认同我在这两方面的举动：他对花园的状况不满，完全不理会我重建花园时的好心情；当他偶尔鼓起勇气尝一口我做的饭菜后，就会用充满杀气的斥责眼光看着我。结果为了避免再次引起他的不快，我只好提早做饭，并在他回来之前吃完。家务方面，实际上他一丝一毫都没再碰过。不管安娜在场还是不在场，安娜就是他的一切，他的生命里没有其他东西。明理的人都知道我不能中断这些维持我和安娜之间热烈关系的活动，我要做出牺牲。

当我不得不对会晤的请求进行确认回复时，我明确表示会出席会面并进行相关的讨论。那时已经很晚了，我像个梦游者那样上楼走进房间，这里我已经很久没来了。我在床上坐下，希望突然冒出一个可以让我从困境中脱身的好主意。我首先想到说服自己：是我多虑了，真的没有任何可令我担忧的理由。这不过是一次能轻易给我带来很多金钱的普通会面。像我这样富有经验、工作出色的人，遭受到精神上的痛苦压力是不合理的。

但人的性格怎么轻易改变？那天中午当马里欧回到家，没有看到我坐在沙发上等他，他自然很担心。我听到他上楼径直朝着我的房间走来，没敲门就直接把房门打开。见我沉默地坐在黑暗中，他的脸上布满了出乎我意料的疑惑。那段时间我们俩的生活已经形成了非常固定的节奏，而那刻我的模样与平常完全不符。

我记得他看到我这个样子后一时很愤恨，像是我切断了某种连续性的常规，他不喜欢这种变化。没有丝毫的铺垫，他开门见山地问道：“出什么事了？“

我没有立即回答，直直地看了他一眼后马上把目光转向了地板。对我来说和他对话很困难，我几乎已经失去了和他交流的能力，随着时间的流逝，我的表达越来越局限在短句形式。而那时候我找不到词语和勇气来叙述发生的事。过了好久我都没说话，只是用他不喜欢的眼神看着他。

他重复道：“出什么事了？你怎么会这样？”这次他的声音

里带着命令的口吻，他不会等很久的，他要立刻得到答复。

“有件事让我觉得很有压力，是工作上的事。其实没理由担忧，我会面对它的。只不过那是个对我来说有些敏感的话题。别让这破坏了你的心情。”我尽量显得满不在乎，但显然他完全没被我说服。

“告诉我怎么回事，不然过一会儿我要和安娜通话了。”他知道这是让我在那一刻解除防备的唯一办法。

我别无选择，只得开始向他解释。

“真的就是这样，我没隐瞒什么。后天我有个工作会面，但这次情况有些特殊，所以我不太有信心。你不会懂的。”我尽量让自己显得真诚些。

“怎么会呢？在这方面你很有经验。”马里欧出乎意料严肃地说道。

“是的，我是很有经验，这是事实。但所有人都有弱点，这就是我的弱点。”

“哪个？”

“我和这次会面的某些人有私人过节，一般人不会明白的。”我说。

马里欧认真地听着。

“好吧，那就别去了。有那么重要吗？我觉得你没有非得接下这项工作的需要吧。”

“事情可不是那么简单，人永远需要工作。这些人是从很远的地方来的，而且我已经告诉他们会出席。最重要的是这个项目的预算很高。”

“既然你和他们有过节，那为什么同意和他们见面呢？你不该这么做。”他开始评论起听到的事。

这样就没法糊弄过去了，我必须向他解释。于是我详细地告诉了他我的困扰和我的心理状况。他认真听着并表现出很理解，只是他似乎在等着听到什么更惊人的事。

“就这些？为什么你对这样一个普通的会面如此惊慌？我看你这么惊慌，还以为发生了什么严重的事情呢。”说完他等着我补充。

“这对我很重要，因为这份合同可以保证我获得巨大的收益，但现在出了这种状况。这不仅仅是钱的事，还关乎我的感受。”

“我不懂，我真的不懂你。”马里欧淡淡地说道，但眼睛紧紧盯着我，想弄明白我是怎么回事。

谈话没再继续下去，他关上门走了出去，把我独自留在屋里。

晚些时候我走下楼，看见马里欧正在为出门做准备。他轻蔑地看了我一眼，像是在阐明我是个连一件普通的事情都解决不了的人。

我在沙发上坐下，打开了电视机，感觉心里暖了些。在他出门前，我正捧着一个装满了熟食和面包的盘子安静地看电视。马里欧穿着一件帅气的黑衬衫，反正我的整个衣柜现在都属于他了。他告诉我他们要去餐厅吃饭。很久以前我们就安排好了钱的事情，在客厅大柜子的第一个抽屉里，始终放着日常开销所需的以及所有和安娜有关的花费的钱，还不包括已经成为他们爱巢的办公屋装修的开销。每次出门前他不需要问我，自己会拿上足够的钱。

那一刻我的样子看上去一定特别悲哀，我一边强迫自己大口咀嚼着食物，一边不停地调换频道直到找到自己感兴趣的节目。通常每到这时，马里欧都会向我干巴巴地道声“晚安”，然后出门。但是那天晚上，他几乎是温柔地在我身旁坐下，看着我的神情仿佛在说我令他失望了，我不得不调低电视机的音量。他直视着我，眼睛已然开始说话。

“什么？”我用虚弱的声音问道。我们俩都显得很严肃。

“就是说，你不想去那个会面了？”他直截了当地问道。

“我不知道。很困难，我应该不会去。”除了告诉他实情，我没有其他想法。

“好吧，那我去。”他说着并干咳了一声。

“你去？”不知不觉中我放下了手中的盘子。

“是的，我去。反正他们不认识你，不会有问题的。就算认识你也没什么，你是老板，可以让别人代表你出席。”

“但这样可以吗？你怎么去呢？”我感到很奇怪。

马里欧身体挺拔而稳健，他笔直地坐着，显得自律且充满信心。而我恰恰相反，瘫坐在沙发的靠垫上，身上沾满了食物的残渣和油渍。

“你觉得这很为难吗？”他反问道。接着他换了个姿势，把手肘靠在沙发扶手上，让自己坐得更舒服些，用一种略带温柔的严肃的眼神看着我。

“我去会面，并且会努力谈一个好的协议。”他重复道。他说话的语气坚定而缓慢，毫不犹豫，思路清晰而直接，显露出对所说的内容非常有把握。

“你懂这方面的事吗？”我问他的语气像是在做抵抗，事实上我已想通并接受了这个主意。

“别告诉我这有多难！不就是用高价位出租掉吗？”他自信地说。我不太喜欢他这个样子。

“不太准确，不过也没错，这是目的。”我说着伸出手拿起桌上的盘子。我侧目看着他，避开和他目光接触。而他却相反，直视着我，像是在观察一件物品。

“会面在哪里进行？”他继续问道，像是认定我已经同意他的提议似的。

“在市中心的一家酒店里。”我说。

“好，那谈判的主题是什么？我去的话你就完全不用面对他们了。”

我全神贯注地听着，他给我的提议非常明了，可我还想弄明白这到底是怎么回事。

“你代替我去？你去谈判？可那些人相当有经验，特别是那几个从高林市来的人。你怎么去面对他们？你可从来没做过这工作。”

“别担心，我会尽全力去做。如果你不去，也是会失去这笔生意的。我为何不尝试一下呢？反正没什么损失。”

我没说话，而是调高了电视机的音量。我感觉到了一种冒犯，但没有精力去分析它的性质，还有种奇怪的恼怒感。尽管这样，我并没有感觉很糟糕，可以说所有这些全在我掌控之中。

“不行，会被发现的。”这句话无意中从我嘴里脱口而出。我需要思考的空间，但在这种情况下很难办到。

“会被发现？”马里欧站了起来，走到镜子前看了一下，像是听到了什么可笑的话似的笑了起来。

“会被谁发现？你不是说你不认识他们，对这件事完全没兴趣吗？我走了，要迟到了，我们约在二十分钟之后见。”他说着检查了一下衣袋，确认没忘记带什么。就在他出门的时候，我对他大叫了起来：“和安娜一切都好吧？”但他根本没理会我，关上背后的大门径直出去了，留下我与电视机和食物做伴。

夜幕在我的头上沉重而无声地降临了，我走进花园里踱起步来。我会接受马里欧的提议，就像他说的，这没什么。如果我不去，这只不过是一个失败的案例，和他去试了但不成功的结果是一样的。我的脑子停不下来，想法一个接着另一个地蹦出来。我不应该放任自己的人生随波逐流，要把决定幸福的因素掌握在自己手中。当出现这样一个奇怪但可以解决和高林人会面的办法时，我和安娜的爱情足以成为赐予我力量的支柱。

我准备尽最大可能地培训马里欧，他慎重地接受了。剩下的时间不多了，他一定知道我会接受他的提议。当他到家时看见我在等他，我的面前放着一些图表和清单，他没流露出意外的样子，一句话没说，脱下外套在我身旁坐下。

我开始向他讲解，首先介绍了那些属于我的为数不少的房产的一般租金价位、每处房产的特点、租金和租期的关系，以及那段时期房产租赁市场的综合评估。这样详尽的介绍就像一个小型讲座，虽然用时不长但准备充分。我集中分析了那几个提供给高林人活动使用的、可能要签订租赁合同的大会场的情况，又给他看了之前的租赁案例，让他了解我们的优势以及可能的价格浮动范围，并告诉他谈判时要综合考虑所有因素。最后我又拿来了一些旧合同，让他了解合同的模式和大致内容，要知道哪些是陷阱、哪些是在签订最终合同时要注意的要点。

在我和马里欧讲解的时候，他一言不发，我知道他在认真听着，丝毫没有厌烦的样子。他即使提出问题也没打断过我，当我说完他也没提出任何异议。这没让我觉得失望，就像我之前说的，我确定他理解了我说的全部内容。但出乎意料的是，见我没其他要补充的，马里欧径直走到洗手间洗了手，然后打开“世友网”开始和安娜聊天。

那天晚上，我意识到自己终于和这件事情无关了，我也完全不在乎马里欧和那些人见面的结果会如何。显然他还不知道他将会面对一大群粗鲁无礼的人，这些人会让他的日子不好过，但这不重要。有人出席会面不是件坏事，我已经接受了邀请，在最后一刻取消很不妥，而且或许会对将来造成不好的影响。

那晚我回到了自己舒适的状态，感觉所有的事情又恢复了秩序。我和安娜的关系进入了稳定阶段——从目前来看是这样的，加上突然出现的解决与高林人会面问题的方案，给我带来了最近一段时期久违了的平静。

马里欧下午离家去和安娜约会，第二天一早直接从办公屋去会场。比起等待结果的担忧来，不用参加会谈的轻松感占了上风。事实上，我有一点儿好奇马里欧在这种全新状况下的反应，但这件被我视为冒险游戏的事情还不至于让我进展到担忧的程度。

第二天早上我去超市采购，总要有人去做这些事，不然冰箱就空了。尽管我逐渐开始烹饪相对复杂一些的菜肴，但即食食品对我来说更安全也更好吃。我把买来的东西装上车，到家后把东西放好，走进花园开始收拾。我总是在一个人的时候做这件事，因为马里欧在这件事上变得非常严厉，还时不时地讽刺我的劳动成果。每次他走进花园，都对看到的一切很恼火。但我不那么觉得，也不同意他的观点，倒也不是认为自己已经成为一个出色的园丁，而是整理花园让我感到快乐。我并不要求得到表扬，这就是件让我放松并乐在其中的事。

夜深了，尽管我心情不错，但毫无睡意。我走到阳台上眺望着黑夜，除了黑暗和宁静我别无所求。我很喜欢这样的时刻，不知道为什么就是喜欢。我感受到了想要的自由，不用焦虑任何事情。安娜对我们的现状很满意，居家生活也令我快乐，我找到了属于自己的生活节奏，活在真实中已经足矣。

早上起床我感到有些头疼，洗个了澡走进花园。我没干什么活儿，主要是检查前几天做的工作，我对自己的工作热情和结果很满意。如果再多学习一点儿园艺知识，对一些具体问题进行技术上的纠正，我可以把花园打理得更漂亮。撇开马里欧所有的负面评论，我对此很自信。

还没到中午，我开始做饭。我把食材倒入锅里。每次听到门合页摩擦的声音或类似的响声，我都以为是马里欧回来了，于是马上把电视机的音量调低。我用木勺舀了一点儿菜尝了尝，或许菜的味道还没让人感觉垂涎欲滴，但对于像我这样一个新厨师来说，结果毫无疑问是令人赞赏的。

我把电磁炉关上，等马里欧回来把消息告诉我之后再吃饭。

尽管我还不至于紧张得发抖，但对事情的进展还是有些好奇的。下午没有什么有趣的电视节目，我对所有电视频道的节目已经倒背如流，知道大多数有意思的节目要从晚上八点才开始。于是我深陷在沙发柔软的织物里，渐渐迷失在电磁场的旋涡中，直到感觉困了才疲倦地回到自己的房间。

下午三点整，马里欧回来了。他穿着一套深灰色的西装，鞋子锃亮，风度翩翩，神态一如往常的平静而持重。我不期待他会主动开口说话，从第一天认识他到现在，他一直是这样。对此我已经习惯了，没觉得什么不妥，这成了我们共居一室的一部分。

和平常一样，他先走进洗手间洗了手，随后安静地在我身旁坐下，从口袋里拿出两张对折的纸递给我。我打开纸，马上明白这是份合约。我断断续续地看了几眼，读了一段文字之后，带着不易察觉的微笑把目光投向了他。我还记得他笑的样子，尽管他嘴唇紧闭，没什么表情，但眼里闪亮的光芒透露出兴奋。他的脸上布满了细微的笑意，像个做了件了不起事情的少年般骄傲，但谦虚令他没有大胆地表现出快乐。

我的目光迅速扫了一遍合约，因为我对合约的内容了如指掌，就直接跳到了租金和租赁期限那部分。我惊呆了，那是个巨额数字！合同内容条理清晰，在细节方面也特别注意，没有任何不明确的地方，并且已经签字，是一份完整的正式合约。当然我也会这么做，不同之处在于我不知道自己能否谈下这么好的价格。我怀着敬畏的心情呆呆地看着这份合约，我永远都不会知道他干了什么，又是怎么办到的。他不会告诉我任何细节，所以我不会逼他说，但让我不问实在很难办到：“怎么回事？你干了什么？”

“我只是和他们聊天，仅此而已。”他答道，像是不存在进一步了解这件事的理由。

“你怎么办到的？”

“我说了，我脑子里有个价位，就算他们再压价，我也不会让步，就是这样。”

“那他们呢？是怎么样的？几个人参加了会面？”

“三个人，他们还行，不算讨人喜欢，也不让人讨厌。”

“他们有没有问什么奇怪的问题？你是不是觉得不自在？”

“他们很了解这些会面，是有备而来的，对人也挺尊重，不是你说的那样，只是有些孤僻。”

“你说的一切他们都接受？你觉得这很容易吗？”我带着满意的笑容好奇地问道。

“不算容易也不算难，我的脑子里只有一个念头，就是不降价。”马里欧说着并开始显出对这场谈话的不耐烦来。

“好吧。即便是我也没法签下这么好的合约，不知道你是怎么办到的。”我又补充道，就这样给这场和谐的谈话画上了句号。

客观地讲，这无疑是一份相当出色的合约，或许比出色更好。我会获得一笔从天而降的巨款。即使是自认为经验丰富、脑子灵活的谈判专家的我，也只有两三次从客户那里赚过这么多钱。任务成功完成，这是毋庸置疑的事实。

马里欧签订合约的那晚是那段时期中最让人悠然自得的一晚。马里欧照例离家去赴安娜的约会，我做了饭——我还买了一些美味的甜点，在食物和电视机的陪伴下度过了一个无忧、美妙的夜晚。不仅仅是居家享受带来的惬意和快乐，还有之前成功的一天以及那份确保我巨大收入的合约带来的双倍享受。达成的协议不仅让我获得合约上约定的金额，而且开启了和这些人全新合作的可能性。此外在如何看待高林的企业家方面，像是给我打了一剂强心针，说实话，我的观点已经开始转变。这份合约在我面前开辟了一条道路，显然我拥有的这些场地比我认为的具有更大的优势，公司的实力要重新估量。这个令人惊喜的发现使那个晚上洋溢着无比快乐的气氛。

我疯狂地吃东西，连续看了两部电影，从一个台换到另一个，在不同的节目里穿梭，梦想着一个宏大而充满挑战的未来。在那几个小时里，罕见的圆满感和幸福感充满了我的身体。我没料到会有这样的时刻，无须努力就获得了情感上的满足。

我度过的每一天都充分证明了我所关心的只是享受生活。既然爱情方面顺利进行，我就把重心放在努力做生意上。可这种状态是不健康的，我一直在想应该更好地照顾自己，这同时对安娜也有好处。我不能整天工作，把工作作为目的是可悲且毫无结果的。因此接下去的那个星期直到周末，每次走进会场欢迎租客时我都会呼吸急促，每次都会重复同样的反应。工作不再让我感兴趣，除了使我的资产增长以外，并不能使我的身心保持健康，事业上的成功和在家享受慵懒的生活根本无法相提并论。以前在安娜还没有出现的时候，我周围的一切在不停地流动着，没有什么积极的东西让我保持清醒。待在家里，沦陷在最普通的、令人陶醉的快乐之中，对我来说算不了什么。但现在我感到内在的安全感让自己每时每刻更接近幸福。

快乐的高潮在下一个周末达到了顶峰，马里欧要连续两天不在家，这个家完完全全属于我了！我做了两个菜、一个甜点，在花园里忙了很长时间。上一次我给所有的植物施了肥，这次我种上了一些新的花卉。我实在无法形容这一切是多么美妙，一切都有了意义，我像是一个被留在家里不担心后果、放肆玩耍的小孩，还有什么比这更让人期待的呢？

周日下午，一切都被粗暴地扭转了，六点钟马里欧回到家，切断了我轻松惬意的悠闲时光。他看上去有些心神不安，不过我已经学会不受他表面状态的影响。他有自己的节奏，我没必要一看到他有些不同就心跳加速。那天他显得有些不同寻常地焦躁，这肯定不是我的错觉。他在客厅里走来走去，最主要的是，直到晚上九点他都没和安娜聊天。他把两个水果放在盘子里，走过来在我身边坐下。我发现他的眼睛失去了以往的光彩，脸上布满了愁云，看上去还有些生气，但眼神里没有歇斯底里的样子，不是暴怒。可的确有什么东西在困扰着他。

一般我的问题总是会让他不高兴，特别是关于和安娜的关系进展的问题。但那次他像在引导我提问，他一会儿看看我，一会儿望着远处发呆，尽量避开我的目光，但显然特别想和我交流。事实上我也没有置之不理。

“怎么回事？你还好吧？”我显出十分关切的样子问他。

“还行……只是……不知道怎么回事，最近和安娜的关系有些奇怪。”他含糊地说道。我当然一点儿都不明白他这番话的意思，但多多少少还是被听到的吓了一跳。我努力保持平静，因为我深知他们的关系有着坚实的基础。

“告诉我，你说的是什么意思？”我给他整理思绪的时间，不想由于我的问题让他紧张。

“她抱怨办公屋太小了，而且觉得我一直住在那里很奇怪。”他对目前的困境做了简洁的、概括性的叙述。

“太小了？办公屋小有什么关系？”

“对她来说有关系。她觉得我一直住在那里有点不太正常，又开始提起我们最好住在一起的事。”

“那你怎么回答呢？”我很好奇地问道。

“没说什么，含糊其词呗，只是说另外一个房子正在维修，而且我已经习惯住在那里了。反正想到什么说什么，尽量避开和她讨论。”

“明白了。好的，我觉得目前你处理得很对，我们再商量。”我说着，从杯子里喝了一口已经凉了的茶。

那天晚上我们俩都显得心事重重。马里欧想的是安娜关于房子的提议，而我则是非常不想第二天离开舒适的家，一整天为了工作四处奔波。

当晚事情发生了意想不到的进展。当时我们俩都沉默无语、若有所思地坐在沙发上，电视机是关着的，我们的身边既没有食物也没有酒。我在腿上盖了一条薄毯子，马里欧两手交叉在胸前，时不时地叹口气。由于他一直在想着自己的事，过了很久才明白我也在为什么事煎熬着。十点左右，他打破了沉默，用一种疑惑的声音问我：“你怎么了？”

“我怎么了？”我回问他。该先说什么呢？

“我受不了这份工作了，日复一日的，就是这样。”我答道，意识到这点让我很生气。

“这份工作你做了很多年了，现在怎么会这样想？”他说道。看他的样子是真的很诧异，并不是嘲笑我。

我看着他确信地说：“现在不同了，情况不一样了，我感到了疲倦。我的人生已经改变了，我想享受自由和安娜。”我像是已经预料到他会提那个问题，并且准备好了答案似的。

“我不知道你为什么会那么想，其实你的工作挺容易也挺愉快的。”他说着站起身，过了一会儿拿着一杯水回来。

“我的工作并不容易，马里欧，你只去了一次会面，你没有经验，也不知道这些年我整天跑来跑去的经历了些什么。”

“怎么说呢，我觉得这工作挺有趣的。”他说着一口气喝完了杯子里的水。

我没说话，他继续说道：“如果你觉得这么有压力，那算了，明天我去吧。”他说得清晰明了，也没有暗示什么，丝毫没有让人对他的话产生疑虑。

“你要去哪儿？”

“去帮你参加明天的会面，有什么问题吗？”他一副漫不经心的样子，根本不看我，而是背靠沙发望着前方。

“明天我有好几个会面，要去不同的地方，不是像上次那样。”我知道这个情况对他来说无关紧要。

“既然你更喜欢待在这里，那就把明天的工作安排交给我，我去会面，有什么问题吗？”尽管他的话听上去有些异乎寻常，但事情也许就像他说的那样简单且合理。

“可是，你怎么做呢？你去所有的会面？这样能行吗？安娜呢？你怎么向她解释你在哪儿？”

“安娜不知道我离开她之后去哪儿，但她知道我有工作，这没什么奇怪的。只不过我不是回这儿而是去赴你的会面，这有什么奇怪的？”他继续平淡地说道。

“我不知道，不知道。”我有些不知所措，既没觉得难过，也没觉得高兴。脑子里的想法还没成形，不知道该说些什么。马里欧知道我会再次接受他的提议。过了会儿，我拿来第二天的工作计划，还根据出租的场地和客户的情况，把每个案子的信息告诉了他。前几天他干得很棒，相信他可以再一次找到办法。而只要一想到我可以待在家里和我的食物及花园在一起，不用担心什么，我就要开心得跳起来了。这种想法立刻让我感觉好了很多，情绪也好转起来。

奇怪的是，第二天马里欧没有按时回家，直到下午很晚的时候才带着“战利品”回来——三份条款和金额极好的合同，以及一副无须表扬的表情。这就好像他完成的是一件极其普通、没有必要讨论的事。和上一次一样，他把合同放在桌上，走进房间换衣服准备去赴安娜的约会。

我仔细阅读合同，确定所有的内容准确无误之后，把他叫来向他表示祝贺，然后继续看那部马里欧回来之前就开始的电影。

“明天有什么工作安排？”半小时之后，他走过来站在我面前问道。只见他穿着一套很漂亮的西服，这是几年前我在市中心购买的，我已经很久没穿了。看到他穿着我很高兴。“我已经把工作计划放在厨房的桌上了。”我说。他马上走了过去，拿起来快速地看了看，把纸塞进衣袋里。

在向我告别前，他第一次提出要开我的车，不只是为了和安娜的约会，更是为了第二天的工作会面。在发生了这一切之后，我当然是把车给他了。第二天照样如此，下午马里欧带着签好的合同回来，然后洗澡准备晚上的约会。尽管他的心情看上去不坏，但是显得比以前更疲惫了。

我很喜欢这种状态，我和安娜的关系不言而喻，工作上也无须我操劳，发展得非常好。我还有什么可抱怨的呢？

没有了焦虑，我比以前睡得好了，很快我的生理功能也得到了改善，我全身心地投入日常的享受中。随着日子一天天过去，马里欧工作得越来越好，他的谈判技巧有了提升，签订的合同金额越来越高。对于这样的进展我非常兴奋，现在赚到的钱比以前更多了。

就这样过了三个星期，除了去超市购物和整理花园，我根本不出家门，我丝毫不想改变这种全新的日常生活。马里欧已经把我的衣柜占为己有，反正我也不需要什么好衣服，只需要几件短暂外出时穿的便服就行了。但他有安娜和工作，对服装的要求比较高。他每天出入都开我的车，而我用车只是为了采购时搬运东西。另外，他讨厌拿我准备好的现金，他需要随时都有足够的钱，于是我给了他一张我的银行储蓄卡。

一天晚上，他非常生气地回到家。一开始我以为是工作上的事，于是想等他平静下来告诉我怎么回事。他怒气冲冲地打开洗手间的门又关上，我从没见过他这样。我犹豫地站起来走到门口，对着里面说话，我知道他在听。

“马里欧，出什么事了？”我努力调整好语气，以免造成紧张的气氛。

他走了出来，起初没搭理我，而是打开厨房的炉灶，开始煮咖啡。他的动作有些笨拙，带着怒气。我没再说什么，等着他决定和我说话。过了五分钟，咖啡煮好了，我坐回到沙发上那个熟悉的位子。

“因为房子的事情她快把我弄疯了。她想让我住回正常的家里，和我住在一起。你想象不到我都用了什么借口，现在我的借口都用完了。她变得让人无法忍受，我不知道该怎么办。”

“我理解，我理解，冷静些，请你冷静些。”这是我首先想到的要说的话。

他爆发了：“我冷静些？我怎么能冷静下来？你整天坐在这里，和你的食物、和你的电视机在一起，你不需要做什么。可是我，做所有的事，是我，承受着所有的压力。一天比一天更难，我不知道还能跟她说什么。这一切结束了。”

“请你别这么说，结束了是什么意思？看在上帝的分上，求你别这么做。”我的心在剧烈地跳着，声音里充满了恐惧。

“事情变得很难，我觉得压力很大。”他用同样的语气说道，一点儿都不在乎我的恐慌。

“马里欧，马里欧，求你听我说，这场恋爱是我的一切，这种事情不能随便玩玩，也别把这当玩笑开。”我处在极度的痛苦中，连一点点出现问题的可能性都不想听。

“但是我已经跟你说了，事情不像刚开始那样了。那时候只要我们在一起就足够了，日日夜夜没有什么东西掺杂在我们之间。但现在完全不同了。”他说道。是的，我理解他，这很正常。他说得很真诚，把自己的困扰说得很清楚。一点儿没错，他感到压力显然是情有可原的。

我请他坐在我旁边，他不听，继续站在那儿。

“马里欧，我们会想出解决办法的，一定会的。请你冷静下来，不要紧张，好吗？”

他没回答，漠然地看着我，像是干了件苦差事似的。但我想把重点放在要说的话上，这非常重要。

“你告诉她，房子已经装修好了，你很快要离开办公屋搬回去住了。你觉得她的主意怎么样？我是说同居，你觉得怎样？”

“我不知道，不知道。”他低声说着，像是在自言自语，但表情柔和了起来，明白了我最终的意思。

“你们来这里住，我搬去办公屋，这没什么。我就带一些衣物和电视机这些必需的用品。这算不上是什么大事。”我急忙把脑子里的想法表述了出来。

“来这里？”

“是的，来这里。这是最好的解决办法，没必要再继续讨论下去了。你本来就住在这儿，对你来说没什么变化，但对她来说就要适应一下了，不过这是她想要的，就满足她吧，何必反对呢？”我试图用一些能减缓他抵触情绪的手段，让他能更理解我的想法。我觉得自己快要成功了。

“那就是说，你要一直住在办公屋吗？”

“是的。别浪费时间，现在就开始吧。只是要给我几天时间去安排搬家的事。”我当机立断，把自己所有的想法一股脑儿地告诉他，这些想法随着我说出来的每句话逐渐成形。

最后他在我身旁坐下，认真地直视着我的眼睛。

“就是说，我告诉她来这里住？”他问道，并等着我斩钉截铁的回答。

“是的。”我说。接下来是一片沉默。然后马里欧回房间休息，我上楼进了房间走到阳台上。

世界是多么美丽，城市的美超越了任何一种想象，一切都处在一种难以置信的绵延更迭中。灯光、楼房的屋顶、喧闹的声响，都表露出在这个巨大的布景之后生命的存在。有人用无尽的爱创造出了这个真实的世界。

第二天，马里欧把这个提议告诉了安娜，安娜万分欣喜地接受了。当马里欧回到家把消息告诉我之后，我们俩谁也没说话，只是互相看了很久。

然后，一切按照各自的轨迹发展了下去。

8

麻烦都解决了

我请马里欧给我十天的时间搬家，不能再少了，他觉得可以接受。在这十天里，他热情百倍地工作，签订了一个又一个租房合约。我走出屋子只是为了去超市购物或是在花园干活，什么都没改变。但这十天过得并不好，马里欧变得焦虑且易怒，心情很坏。一天，他回家后对我大发雷霆：“每次我回家总看见你坐在同样的地方，这样不行，我迟早要发疯。”

我向他解释，首先，我做这些事觉得很开心，他为什么愤恨呢？其次，过几天我们就分开住了，他不会再看到我了。

“我不在乎，你从早到晚，整天坐在那张沙发上，我实在看不下去了。另外，你把这房子也毁了。你看看花园，简直变成了个马戏场，看看你种的那些不伦不类的东西，这景象太可笑了。我也不想评价你的厨艺了，即便饿了几天我也不会吃你做的东西的，幸亏我是在外面和安娜一起吃饭的。对这些我真的是无话可说了。”

“我不懂你在说什么。”我抗议道，没料到他这样对我发泄。

“真的？你不懂？好吧，如果你真不懂，那没关系。”他用嘲讽的口气说道。我不知道如何反驳他，其实也没有什么可反驳他的。我只能用胡乱的回应来保护自己，他的这种态度让我很不高兴。

“我们现在必须谈论这个话题吗？它能给我们带来什么呢？你能给我解释一下吗？”我结结巴巴地说着，不知道还能说些什么，只能这样应对。

“即便跟你解释，你也不会懂的，还是算了吧。我在对牛弹琴。”他边说边鄙夷地在空中摇了摇手，然后走进厨房做起咖啡来。

我没有继续说下去，说也没用，但我很不喜欢他这样。而他的攻击也并没有停止。两天后，他看上去心情颇为愉快地回到家，突然走到我跟前对着我大叫起来，说他无法忍受听到这愚蠢的电视的声音，让我把音量调低，因为他要和安娜商量关于房子的重要事情。我胆怯地问他是什么事情，他对我置之不理。我在把电视机音量调低的时候做了一个嘲弄的表情，他大为恼火了，使劲地踢起沙发来。那天晚上我们谁也没说话。当我入睡时，内心暗暗祈求以后不要再发生这样的事了。

为了顺利搬迁，我整天都在想该怎么安排。办公屋里有床、浴室、厨房，我要把电视机搬过去，当然还有我的衣服和一些私人物品。就这样，我在脑子里列了份清单。好了，如果忘记什么，我会和马里欧碰面，让他带给我的。

随着日子一天天过去，工作的进展越来越好。我承认马里欧的工作很有成效，他办事更为迅速，不需要花很大力气就能说服最难缠的房客。很多老客户对马里欧前去谈判感到奇怪，向他打听我的情况，问我好不好。马里欧用正常的语气告诉他们，我要处理公司运营的其他事情，委托他来接管租赁的业务。

不管怎么说，搬家在完美地同步进行着，然而马里欧在最后几天的态度非常恶劣，令我无法忍受，无法继续和他共处一室。他几乎每天都要骂我，每次听到钥匙在门锁里转动的声音，我就开始害怕。谁知道他脑子里会冒出些什么，而我根本不能还击，如果还击的话会是一场灾难。

我的感情生活进展非常顺利，安娜沉浸在巨大的幸福中。我的事业处于最佳状态，那些天马里欧和高林人签订了进一步的协议，这个聪明的举动让资金源源不断地流入我的账户。我尽量克制自己，不回应他的挑衅。好多次在很艰难的时候，我就想着这样的折磨很快就要结束，忍受这样的侮辱不会很久了。就算他拥有了一切，他还是对什么都不满意，我永远都不会明白，他为什么这么烦我。事实上我也没心情管他，我只关注工作和与安娜的感情，我不想和他有冲突。只要每个人各尽其职，就能保持世界的公正和完整。可事实上那段时期马里欧变成了一个暴怒的人，一天更甚一天，直到我离开家，我才获得了真正的解脱。他经常要求我回答一些愚蠢和没用的问题：我在同一个位子上坐了几个小时？我买的花肥是什么？我从超市买来烹饪的是什么食材？很多时候我回避他的问题，根本不回答。但当我想理性地回答他的问题时，事情变得更糟，他吼叫着告诉我，我没法正确地做任何事。最后我实在忍受不了，只好退缩到自己的房间里。在那里我感觉安全些，不需要面对他的歇斯底里，另外我还要考虑搬家的最后一些细节。

一天晚上，我想把房子的一些注意事项告诉他，他不仅不理会我，还说他比我更了解这房子，因为是他照管着一切，没有什么新的需要了解的。我不知道还能说什么。我请他这两三天别带安娜去办公屋，这样便于我搬迁。我要把东西搬过去，调整一下空间，这样来来回回几次才能把最后一些事情安排好。他同意了。

我对搬家那天的情形记忆犹新。我手里举着一串挂着衣服的衣架走进办公屋，车里还有很多不是装在箱子里就是散着的东西，至少需要往返两三次才能全部搬完。那天是我在经过了很长时间之后第一次踏进办公屋，当意识到自己要住在那里时，我感觉很怪异。我不能确定具体的感受，有一刻我想立刻回家，再也不离开那里，但什么东西制止了我，也许是现实吧，然后我开始收拾自己的东西，整理起屋子来。

办公屋里弥漫着一股爱的味道，尽管没有留下任何属于安娜的东西，也闻不到一点儿香水的气味，但是我能感觉到一种浓烈而独特的、曾经在这个空间里存在过并继续飘荡着的气息。

在我永远离开家的最后一个晚上，我的内心非常混乱。我做出一个和马里欧告别的动作，可他觉得很可笑，我只好在半截儿停住。我走进花园，在那里坐了一会儿，我会想念我的花园的。我给他留下了汽车和银行卡，还说好我不再插手他的工作。安娜第二天会搬来，但不需要抹掉我曾经住过的痕迹，反正还有个男人住在那里，凡是我的东西都可以成为他的。我走了。最后的一程是马里欧送我去的，然后他把车开了回去。我上楼走进办公屋，脱下身上的薄外套后坐在一把椅子上发了很久的呆。

房间很小，好在有进深，不至于让人感到窒息，但和我的家毫无相似之处。我把电视机的电线连好后马上打开电视机，看能不能正常工作，幸亏一切正常。冰箱被食物塞得满满的，我买了足够吃好几天的东西。接下去我有些不知所措，便在一张沙发上坐下，沙发还算舒服，但没法和家里的沙发比。我开始换频道找有意思的节目，终于找到了想看的，之后我从冰箱里拿出一些吃的放在盘子里。

我回到沙发上开始了我的夜晚——在新家的第一个夜晚。我看了一部电影和两个晚间节目之后，还不觉得困乏。我睡不着，躺在床上看着天花板，努力不去思考。安娜应该已经去了我家，她会在房子里跑上跑下，带着无法言喻的喜悦仔细查看所有的房间，她的梦想成真了，这是我没法从她那儿剥夺的。

夜很深了，尽管我努力想睡着，可就是无法入睡。可能成功地睡着了一会儿，也可能只是我以为睡着了。我还做了个奇怪的梦，但所有这一切或许都是我的想象，记不太清了。直到早上六点，我才被胡思乱想弄得筋疲力尽，昏昏沉沉地睡着了。适应新环境不是件容易的事，我睡得很沉。

等我醒来的时候已经过了十二点。一开始我认不出所在的房间，花了好几秒钟才想起来自己身在何处。当脑子清醒了点后，我想冲个澡让自己更清醒一些，却打开冰箱拿出东西吃了起来。电视里没什么好看的节目，这一下子坏了我的心情，我决定出去走走，这原本没在我的计划之内，就是突然想看看新家周边的环境。路上交通繁忙，周围的环境很嘈杂。好在办公屋好像设有能把噪声吸收掉的隔音系统，听不到任何外面的声音。我朝着距离办公屋大概三百米的公园走去。

公园很大，但是很安静，大多数的长凳是空着的。只有在公园入口处的两张长凳上，分别坐着一对老年夫妻和一个带着男孩儿的母亲。我也坐下了，可以听到狗叫声、汽车的鸣笛声，还有笑声。尽管声音就来自我们旁边，但听上去像是从几千米之外传来的。我很平静，看上去我已经获得了成功。很久以来我的人生就像一座迷宫，我漫无目的地转来转去，不知道出口在哪儿。但最后我发现，也许出口就在我身后，或是在离我很近的地方，我自由了。我希望这个判断是个清晰的事实，而不是错觉，正如我所经历的一切是一个真实存在的不争的事实。

我在那个公园坐了很久，直到傍晚才怀着一种奇特的心情离开。一开始我想步行一直走到公路的起点，但很快改了主意返回办公屋。天气突然变了，天空中布满了乌云，接着听到几声闷雷，雨意想不到地倾盆而下，巨大的声响盖过了城市中一切人为的声音。我用手挡在头顶往办公屋跑，开了门进去后一屁股坐在沙发上。

我努力适应新的日常生活，每天做着同样的事情，但随着日子一天天过去，我越来越意识到很想念自己以前的房子。已经记不清过去了多少天，我没有一丝一毫马里欧的消息。他一定在勤奋地工作，有很多的工作会面，这个工作对人要求很高。但他连一个例行的电话都没打给我，和我确认一切都好，告诉我安娜的情况。我非常好奇，很想知道安娜对房子的评价，但他好像消失了。我很犹豫要不要打电话给他，怕由于自己的错误把所有的事情都毁了。如果我打扰到他，很可能他会非常生气，我可不想让自己处在一种危险的状态中。于是我把自己锁在家里，继续毫无节制地吃东西和看电视，每隔两三天才去公园散步。

9

一切看起来很完美

日子在这样的节奏中慢慢地过去了，我把自己关在办公屋里，这样倒也不坏，电视机始终是开着的，而冰箱永远是满的，我获得了想要的快乐。每天我会出去两次，一次是早上起床后，另一次是傍晚时分，然后回家沉迷于我热衷的固定的晚间活动中。我没有马里欧的任何消息，我们一次都没联系过。我没法抱怨，我已经实现了我想要的：安娜很幸福，而我的工作比以往任何时候都好。面对这样的事实，我该觉得幸福才行，我梦想的一切都实现了，即使是最不知足的人也会对这个结果感到满意。我一天比一天更深地沉沦到日常的享受中，吃得越来越多，从不关电视机——即使在我睡觉的时候。这溃烂的生活带来的恶果是我被彻底关入了享乐的囚笼中。

我时不时地检查马里欧业务洽谈后的进项收入，他的谈判技能相当突出，我非常满意。我感到自己的人生硕果累累，已经实现了自己的目标，不需要再证明什么了。我拥有牢固而热烈的爱情，我的事业处于巅峰阶段，我的目标真的实现了。认识到这点让我更加享受和放松，这不可争辩的发现令我喜出望外，想起几个月前的我是那么紧张，在安娜出现在我的生命中以前，我从早到晚的工作是多么乏味和徒劳。就像是一种超自然的力量听到了我的祈祷——此时此刻我开始相信上帝，一切在我没意识到之前就开始改变了。我的梦想被完整地实现了，这是无法忽视的事实。

那时我开始在每日两次的例行外出时加入长距离的徒步。一开始只是探访这座城市，我观察楼房、树木，围绕着中心广场钟楼的旧城区行走。在我眼里一切都显得美好，没有什么能阻隔这新到来的幸福。无限的时间和活动的自由赋予我观察事物的特权，我开始重新认识一切。我看别人打架，看他们怎么直击对方；看孩子因不能得到想要的东西而抱怨和哭泣，所有这些通过不同的方式被我的眼睛筛滤而过。

在我好似头一次看到这些之后，我回到了安全的办公屋。在这个温暖的壳里，我沉浸在自我满足的黑夜中。有几次当我关灯准备入睡时，在厚重的黑暗中，或是在电视机屏幕发出的昏暗光线中，我想起了安娜，以及最初我们在世友网的对话。那时我们还只是两个“候选”恋人，没人想象得到后来会发展到什么程度。随着时光流逝，我开始想念我的花园和那些我亲手种植的美丽花草——即便马里欧不喜欢。相比起家里的厨房、客厅、房间，我最想念的是花园，它给我带来了如此多的快乐，我在那里度过了很多时光，在那里等着马里欧在度过漫漫长夜之后，从我现在住的地方返回。我已经实现了自我完善，这个认识或许是对我那个时期心理状态的最好诠释。这预示了我美好的未来，我丝毫未对这种僵局感觉厌烦和不安，恰恰相反，这使聚集在我内心的向往美好的情感和心理达到了完善和成熟的顶峰。我承认马里欧的勤奋和自律在实现我幸福的伟大计划中起了相当重要的作用。我雇用了一个很有价值的员工，尽管在共同度过的岁月里有很多的问题，但这都不重要，作为一个负责任、有信用的雇员，我对他十分认可。

在早上和下午的外出活动中，我找到了一条喜爱的路线。早上我一般在市中心活动，但是下午我会去比较远的地方。我经常会走到通向北部各个地区的国道入口处。我还穿过了省道的交汇处，从那里可到达绵长的南部海岸和度假住宅区。散步的时候，除了进行我之前说的观察活动之外，我还发展了一种兴趣（更多的像是在做游戏）：设计自己的未来。这种新习惯隐藏着一种风险，因为未来总是以当下为基础的，可我连考虑某些当前的变化都不愿意（我活在梦境中，根本不想走出这一步），我只想在幸福的核心里越陷越深。但从另一方面讲，当人们感到幸福的时候就会产生梦想，会对未来做坚实的心理建设。我也是这样，默默地计划着向未来的过渡。

这个未来里有安娜的存在，怎么能缺了她呢？但那时情况得到了进一步发展，我们不再是激情冲动的情侣，我们有了孩子，一个男孩和一个女孩，我很喜欢这样的剧情。我渴望这样的人生，这个想法让我沉醉，这样的氛围让我充满了想象。事业也是未来建设的重要部分，我想，我可以从租赁业务中脱身出来，让一个团队的员工去处理细节问题，就像马里欧那样，这样我就可以留出更多的时间给自己和安娜，以及孩子们。在那个未来里还有很多旅行、活动、工作上的新想法，最主要的是人，朋友、同行、女人们和男人们，和我生命紧密相连的、每时每刻提醒我活着是值得的人，同时我也是这人群里的一分子。

在对未来的构想中只有一个人缺席：马里欧。马里欧不在其中，我不知道他在哪儿。不过我不太在意，他想去哪儿就去哪儿，总之在我的蓝图中没有他。他只是个为我工作了一段时期的员工，没必要一直记着他，在谈话时总提到他。就让他走自己的路吧，他会找到办法的。

差不多搬到办公屋两个月之后的一天，我收到了一条马里欧发来的信息。由于在这之前我们完全失去了联系，因此我看了一遍又一遍，直到确定是他发的。那是个黄昏，我刚从例行的散步回来。一开始我还以为自己弄错了，但确实是他发来的。我想不出是为了什么，他只是让我给他打电话，自从搬家之后从未发生过这样的事。

我给马里欧拨了电话，他马上接起电话，显然是在等我。他的声音听上去如此熟悉，好像我们从来没有分开过。我笑了，我很高兴听到他的声音。

“马里欧，怎么样？一切都好吗？”我的嘴里马上蹦出了这一串词语。

他压低声音回答，语句十分简短扼要：“好，好。我给你发信息是为了一件事，我们需要用一下办公屋，我会向你解释的。”

“什么意思？你们怎么用？”我机械地问道。

他继续说道：“她觉得完全舍弃办公屋让人怀疑，我尽量向她解释，但是她不理解。自从我们住在这里，这个房子里，我从没提起过办公屋，好像办公屋消失了似的，这让她觉得奇怪。”

“可是，我不明白，她要办公屋做什么？她现在有家了，还不够吗？她住在那里，办公屋和她有什么关系？”

“怎么跟你说呢，女人啊，一旦脑子里进了什么主意，是不会轻易放弃的。前天她跟我说：‘哪天晚上我们去原来的家里住，回忆一下我们刚认识时的那段日子。’还有一次，我们开车碰巧经过办公屋，她说要上楼，我没理她，也不知道怎么回答她，她生气了。另外还有别的……”

“什么别的？”我问道，我不知道会听到些什么。

“随着日子一天天过去，事情变得更加复杂。她想开个小公司自己做生意，她已经跟我提了一两次这个设想了。她说，既然我有那个空置着的办公屋，为何不利用起来呢？你明白我说的吗？她不停地跟我说这件事，开始向我施压，我不知道怎么回避这个话题。她用那种温柔的方式，我没办法，我必须答复她。我感觉压力很大。”

“是的。”我愣住了，不知道该说些什么，只是任凭他说。

“这就是我们的麻烦事。”我听见他在电话的另一头加了一句。

我没法冷静地思考出一个令人满意的答案。显然他对此不太在意，继续说道：“你必须离开，好吧？否则我不知道怎么处理这件事。“

“离开？那我去哪儿？”我结结巴巴地说着，在一把椅子上坐下听他继续说道。

“没有其他办法，我已经告诉她，从我们离开到现在房子一直空着，要花几天时间装修，她同意了。你下周一之前离开，没问题吧？”他的声音里有些不耐烦，像是有什么重要的事在等他，他要挂电话了。

“没问题，没问题，马里欧。”我说。不知道这是我自己说出来的，还是从身体里发出来的声音，我不知道。就这样结束了我们简短的通话。按照说好的，我要在周一前把房子空出来，就是说，我只有五天的时间了。

挂上电话后，我突然有一种冲动，想再给他打过去。我输入了电话号码，可电话还没接通就被我挂上了。我必须离开，好让安娜在办公屋里开公司。我的脑子突然停止了运作，我无法思考。我努力想弄明白发生了什么。我必须把办公屋留下。这可不是个简单的要求，可我不能让安娜失望，她是个有梦想的女人，想为自己做点什么，我怎么能夺走她追求梦想的权利呢？我不是那种想让女人依靠自己的男人，我很喜欢安娜这种一旦有了尝试新事物的愿望就会把想法落实于行动的个性。再说了，这样的事情能使感情变得更加坚固、客观和深刻，这是我从一开始就追求的目标。

我必须离开，话说起来很容易，可我对将要发生的情况没有一点准备。我一点点地回忆，把从第一天到现在发生的事情梳理了一遍，明白了退出是合理的。我用灵魂的力量建造了这座大厦，那为何要反对这样的愿望呢？但是我没来得及问清楚具体细节，不了解全面的计划，比如办公屋作为安娜的公司要多长时间？我能很快回来吗？难道我不该知道这些吗？在周一到来前的那些天，我好多次想给马里欧打电话商量，但什么东西制止了我，我说服自己任由时间流逝，看事情如何进展。

我没时间了，身上也没剩下很多钱，离家时带走的作为紧急用途的钱用来超市购物后没剩下多少了，马里欧拿走了所有的银行卡，包括银行账户的管理。周日的下午我有些慌乱，只有几个小时了，我答应第二天上午之前要离开的。我找了个塑料袋——我没有其他更好的东西了，在袋子里塞了两三件圆领衫、一条长裤，和一些日常必需品：香皂、剃须刀，又随便抓了几样放在我面前的、也许在开始几天需要用的东西。周日晚上，我变得非常紧张，甚至改变了平日的作息。几个月以来，第一次电视机是关着的，因为紧张引起了胃痉挛，我没吃晚饭。半夜之后，我才在万千思绪中沉沉睡着。

醒来后，我感觉全身僵硬、麻木，好像根本没睡着过。我从床上起来看了看钟，十点四十五分，我又看了一眼放在桌上的收拾好的塑料袋。

我洗了个澡，随便吃了些东西。最后，除了离开这间收留了我一段时间的小屋之外，我没什么可做的了。我检查了一下是否带齐必备的物品之后，走出去把门关上。我把钥匙放在一楼靠近大门、和办公屋的号码对应的信箱里，走到了街上。那是阳光明媚的一天。

10

逃离孤独

我的第一个目的地是公园。我对那里很熟悉，所以马上想到先去那里待几个小时。我坐在一张长椅上看着来来往往的人，同时留意着装衣服的塑料袋，还时不时地把手伸进口袋确认钱在不在。三个小时过去了，我意识到不能像往常那样回办公屋，不可能再回办公屋了。中午的时候，我从座位上站起来，开始步行。我手里抓着袋子顺着下坡的路往十字路口走去。天气还很热，但在那里散步很舒服。下坡路很宽，从树丛那边吹过来些许凉风。当我走到路的尽头时，我选择了对面那条返回市区的路，我不想离开城市的中心区域，在那里让我感觉安全。下午晚些时候我感觉有些饿了，我还有些钱，但如果把这些钱全花在餐厅里那就太傻了，我决定随便买些吃的填饱肚子。这是在目前情况下的一个明智的举动。傍晚时分，随着天气转凉，我的步伐更轻快了。我在公园以北两公里的一个居民区里的咖啡馆喝了杯咖啡。

我很镇静，尽管还不能接受发生在眼前的这些变化，但总的来说我很镇静。清醒的状态在我的身体四周形成了一道盾牌，一道阻挡痛苦穿入身体的硬壳。没有理由让自己感到压力和绝望，事情的发生各有其缘由，需要我离开办公屋我就离开了，不需要反复考虑，要向前看。

我喝完了咖啡，又买了些吃的。那时天开始暗下来，我觉得还是回到公园比较好，感觉在那里更舒适些。尽管天色已晚，但公园里还有零零散散几个人，我在长椅熟悉的位子上坐下，像平常那样观察在我面前走过的行人，很快平静了下来。不知道其他人处在我的境地会怎么做，我也不知道还有没有其他人像我一样：突然间怀里抱着一个塑料袋子，流落到公园的长椅上。我所做的是伟大的牺牲。

我在内心祈求这样的行为被认可，要被谁认可，我不太确定，如果真是那样的话我会很高兴。为了这个宏伟的计划，我牺牲了自己的生活，现在我梦想的一切被完整地实现了，要接受这个伟大的想法不是件容易的事。我表现出了极大的自制力和耐心来达到这个目标，我为自己感到骄傲。

起初我并不太情愿，也怀疑自己能否做到，直到改变了整个人生才赢得了我应当获得的幸福。或许我疲惫过，或许也超越过自己，又在尝试中再次失败过，但最终我成功了。我的事业处于巅峰状态，我的感情生活非常稳定，我的人生很圆满。我不知道还能向命运要求些什么。

天全黑了，公园里几乎空无一人。我不是很困，只是度过了一天之后感觉有些疲惫。我保持着不变的坐姿闭上了眼睛，但很快就感觉不舒服，因为只要一闭上眼睛，我的身体就会不知不觉地向一边斜过去。我把塑料袋放在长椅的一头躺下，得把两腿弯起来才能使全身都躺在上面。塑料袋成了我的枕头，里面的衣服当然是枕芯。我没有其他选择，只好强迫自己去适应。我的心在激烈地跳动着，星空中发出的光照在我好奇的脸上。我全然忘记自己怎么会在那儿，在一片星海之间，这是一个和我人生中的其他夜晚截然不同的晚上。那晚的气温舒适，柔和的凉意轻抚我的额头，夜晚的清风让我重生。我睡得出乎意料地香甜。

当我醒来的时候天蒙蒙亮，剃须刀和牙膏从塑料袋里掉了出来，散落在长椅下。我看见两个老人在我对面走着，再远一点儿一个市政府的工作人员正在清扫路面，整理公园的垃圾桶。我站起来伸了个懒腰，发现腿都麻了，不过总体来说状态还不错。公园周围有很多水龙头，我找了个水龙头洗了洗脸，刷了牙，确定袋子里没丢什么东西之后，开始步行。

这次我选择往相反方向去，要经过坡度更大的上坡路，但我不想走以前经过的路，那样很快会觉得无聊。我笔直向北部走去，那儿没有很多商店，路上也没什么车，坐落着一些豪华的大宅，是个风景美丽、适合散步的地区。我走得很慢，关注着怎样集中意念，尽管我不知道这是什么意思，但内心有个声音在命令自己，对一些模糊不清但对人生至关重要的东西要保持专注。

我走路的样子像是参加一场公路比赛，眼睛笔直地看着前方，极少和路人的视线交错。我注意到那些人带着疑惑的眼光看着我，也许是塑料袋让我的形象显得有些可疑，也许是我奇怪的走路姿态吸引了他们的注意。在那个地区徒步的不便之处是，除了十几家高级餐厅之外没有随便吃点东西的地方，两小时后我的肚子开始咕噜噜叫起来，我不得不往回走。

我查看了好几遍自己身上的钱，意识到要省着点花，如果不注意很快就会面临大问题。于是我直接朝前几天去过的那家面包店走去，那里卖的东西又便宜又好吃，去那里是最保险的办法。买好食物和水，我已经等不及回公园了，就找了个没人的地方坐着吃了起来。我没干什么坏事，不需要遮遮掩掩，城市里到处都是人，没人会注意一个坐在路边狼吞虎咽吃东西的人。

下午，我回到公园，坐在心爱的长椅上，视线不敢离开那个塑料袋。那时候公园里的人很多，有骑自行车的孩子们、手拉着手散步的情侣们，景象令人愉快，城市在自己的节奏中运行着。虽然离开办公屋还没到两天，可我觉得像是已经过了一星期，改变太大了。随之而来的夜晚也不像前一晚那样愉快，我的身体在长椅上无法伸展开来，一点儿都不舒服。半夜里，塑料袋被不停地移来挪去，很难支撑住我的头。天还没亮我就起来了，我用手掌揉搓着脸庞，不知道办公屋怎么样了。安娜肯定已经适应了全新的生活，也许她正坐在一把舒适的椅子上计划着公司的未来，她总能在这样的时刻控制住兴奋的情绪。我希望办公屋适合她的计划，不想让她感到压力，我不喜欢这样。

我身上发生了奇怪的事情，尽管我的思绪像失控的河水般充满着动力，断断续续地在脑子里流过，可我始终保持外表冷静，没人看出我的恐慌和失望。这种状况对我来说是全新的，在我以往的人生历程和自我实现中从未有过，可我会成功的，我必须成功，在考验面前我决不退缩。前路很宽广，我的步伐稳健而坚定，在我面前的只有目标。我必须保护好自己所获得的一切，让通往远方的道路畅通无阻。

那天我漫无目的地走着，我的脑子里没有具体的方向，只是顺着路向前走。我提着塑料袋在小巷子里穿行，脑子里盘算着怎样更好地使用口袋里所剩不多的钱。碰巧经过一面镜子，我看到镜子里的人显得还算精神，只是头发需要洗一下，身上的衣服有些不太合身了。走完第一段路程，我又去了那家面包店。老板是个年轻人，彬彬有礼，嘴角永远挂着微笑。他一边向我问好，一边把零钱找给我。

走了很久以后，我开始对每个区的情况有了非常细致的了解，我一直很喜欢走路，但现在不同了。我发现了在那些路过的院子之间的相似和不同之处，甚至对房子的屋顶都做了对比，我通过院子里的物品猜测什么样的人住在那里。我不停地观察，非常享受每一刻带来的愉快感受。晚些时候，我在公园的水龙头那里用肥皂尽可能仔细地把自己洗了洗，刮了胡子，然后疲惫地躺在长椅上。

接下去的十天情况没有什么改变，只是塑料袋破损严重，我的钱也让人担忧地越来越少（有几天我失去了控制，买了很多吃的和喝的，看样子每时每刻管控好自己并不容易）。公园成了我的家，我的举止变得有些僵硬，但我的心情不错，冷静的思考让我获得了愉快的平衡感。一个实现了大多数人生目标的人显然会为此付出些代价，我不应该抱怨，我拥有了一切，一个小小的变化影响不了我。

当第一阶段过去的时候，我曾问自己是否还想回到电视机旁，整夜不眠不休地和无尽的食物相伴。我承认没法给出明确的答案，回答这样的问题也没什么意义。但我总是独自一人，免不了要东想西想。那个面包店已经成了我的定点饭馆，我从不去别的地方买东西吃，别家店的价格比较贵。以前我怎么从来没意识到城里的消费这么高呢？但我现在不得不格外小心，按照粗略计算，把所有的花费都算进去，我的钱只够再维持一个星期左右了。我努力想把这个不幸的发现从脑海中去除掉。记得那段时期，当我坐在公园里或是四处闲逛的时候，脑海中经常闪现出我小时候的画面，那时我还很小，对未来一无所知，没有任何技能，也没有猜测多年之后是何光景、“我的人生”会被怎样去塑造的渴望。那时候觉得岁月漫漫，未来不可预见，一切都是理所当然，我的头脑里没有明确的东西，只是漫无目的地活着。

童年并不是我唯一的回忆，当我闭上眼睛，感觉自己像处在一个超自然的视野中，生命的每个阶段呈现在我眼前：当我刚开始工作时的情形，当我签下第一份合同时的那份无法形容的快乐。没有什么能阻挡我，就好像我想要什么，那东西就会在手里出现一样。如果碰巧那东西离得比较远，我只要把手伸长些就可以够着。再后来，我的回忆里出现了那个差点和我结婚的女人的画面。那是一场轰轰烈烈的爱情，结局却不完美。我非常爱她，她也为我疯狂。但后来，我们的感情逐渐衰退，彼此欺骗，一天更甚一天地崩溃。我以为事情总是会这样，于是把它当作一点儿不痛不痒的轻伤，而不是自己被一股失望的巨浪吞噬了。这段感情的变故发生在叔叔去世、雇用马里欧为我工作之前，成为引导我后来人生的转折点。

随着日子一天天过去，我逐渐失去了对时间的概念。我在那儿待了几个星期了？我不知道。时间没有留下任何记号就过去了。公园成了我的避难所，是我探访城市的各个区域之后回来的地方。公园有自己的规则，有一种任何人都无权打扰的自然节奏。我可以从人群中分辨出几个固定的身影、几张反复能看到的面孔。有一个从早到晚散步的老头，每天一大早就来，直到半夜才离开，他总是把手背在后面走路，像是在思考什么重要的问题。有几次他向我问好，甚至是在一大早我还闭着眼睛睡觉的时候。还有一个年轻人，可能智力有些问题，常常一边转着圈嘴里还嘟囔着什么。我曾经想弄明白他在说什么，但我一个字都听不懂。他不光说话含糊不清，也不愿意跟任何人说话。说实话我有些怕他，当他往这边走来，我就装作没看见他。还有一些熟悉的脸：每天傍晚总是在公园度过一小时的情侣；手里捧着书本安静学习的大学生。可以说公园是个独特的社区，每个人都很尊重旁边的人，同时它也是城市疯狂人流中的一个独立空间和藏身之处，一个不费吹灰之力就能保持隐私的地方。因此我可以在那里生活，这么多日子都没人打扰我，也没有人和我发生冲突。

随着时间的推移，尽管我在水龙头下洗漱，可身上还是开始发出臭味，衣服也越来越脏。我找到了一个新的塑料袋，我把它随时随地带在身边。最可怕的是，我只剩下一些零钱了，很快我就会身无分文。最近一段时间有好几次，除了吃几块剩下的饼干，喝一点儿水之外，我什么都没吃。

尽管走路让我保持精神的稳定，帮助我重新整理思绪，但我开始厌倦无休止地在街上游荡，于是我就花更多的时间待在公园里。我意识到自己的外表改变了很多，这让我很难过，但在目前的情况下我也无能为力。一次碰巧我的视线落在一面镜子上，我被自己的样子吓了一跳，我看上去像是个病人。尽管我的脸庞变得很粗野，但并未舍弃精神上的宁静。坚持忍受困苦被我视为那个重要计划的一部分，值得我为此付出一切牺牲。我希望安娜在工作中厘清头绪，她很有能力并且有很远大的梦想，这是通往成功的必然因素。办公屋或许不是很大，但对于事业刚起步的人来说足够了，如果发展得好，将来可以找个更好的地方。我会一直支持她，反正我的经济实力允许我这样做。如果她能获得经济上的独立，在精神方面也会对她有所帮助。

在公园的那些天，我还产生了另外一个想法，也许暂时还不敢去实施，但在不久的将来，我会迈出这一步的。我想或许可以把房子卖了，和安娜住在别的地方，让我们开始一种新的生活，我很喜欢幻想这种可能性，当我幻想的时候我会欣喜若狂。我的幻想还不止这些，还有一个让我心跳不已的更重要的决定：我要解雇马里欧，原来的生活模式已经结束，我不再需要他了，我的生活已然回归正常，形成了一个和谐的连续，因此马里欧成了多余的人。他是个好人，很勤劳，忠于职守，我亏欠他很多。只是我的生命容不下他，不管怎样我不能让一个员工总是依赖于我，这会让双方都发疯的。虽然他个性上有缺点，但我承认马里欧确实付出了很多，改变了我的日常生活。还有那些在他出现后没有实现的事情，不，我不否认他的付出，但总有一天，等到合适的机会，我就结束我们之间的合作。

那段时期，这些想法总是在我的脑子里萦绕。当然，还有另外一些想法占据我的大脑，随着时间每分每秒地过去，让我愈发感到焦虑的是赶紧找到解决实际问题的办法，我的钱只够买一两次食物，接下去就不知道该怎么办了。

几天之后的一个夜晚，我躺在长椅上仰望星空，忍受着饥饿的折磨。这天中午我花掉了最后的那点钱，这是在意料之中的无法避免的事情，而且我也没采取什么行动去阻止它的发生。我从长椅上坐了起来，好像这样能让我想出个好主意似的。这时一条狗走到我的腿边，看上去很安静，我抚摸了一下它的脑袋，它似乎很喜欢和我在一起。我在长椅上再次躺下，闭上了眼睛。狗舔了舔我的手，我笑了，它没走开，过了一会儿蜷缩在长椅下。我在睡梦中忘却了饥饿。

早上开始了艰难的一天。我根本不记得自己早上做了什么，自欺欺人地像往常那样去散步。我像一具失去感觉的披着人皮的机器，什么都看不见，只是必须寻找那个遗忘的东西。我的样子从来没有这样糟糕过，连自己都认不出来了，肮脏的衣服皱巴巴地挂在身上，黏糊糊的头发垂在额头上（像是自己的鬼魂）。当回到公园的时候，我感觉很饿，从未有过地饥饿，也许是因为我意识到自己再也没钱去买吃的了，这令人恐怖的认识使情况更糟了。

幸亏水龙头的水是可饮用的，这让我松了口气，我喝了个水饱。然而到了下午，饥饿感更强烈了。我又继续上路，本能地顺着熟悉的路线来到了心爱的面包店。然而这次我不敢进去，我不知道自己为什么到这里来，没有理由啊。我站在距离橱窗十五米左右的地方看着人们从店里走出走进。很多人手里提着装面包和甜点的袋子，还有人津津有味地吃着刚买的点心。我在对面一道倒塌了的围墙上坐下，仔细观察起来。

过了大约一小时，令我无法解释的是，我混在为数不多的顾客里走了进去。我眼睛一眨不眨地盯着柜台上放点心的玻璃柜，像是无从选择似的。我让自己排在最后，但当我意识到店里只剩下我和那位有礼貌的店员时，我的第一个想法是赶紧跑出去，在这个难堪的时刻从他面前消失，但不知为何我的腿在店铺中央挪不动了。那个店员礼貌地等我开口，可过了好几秒，我只是看着他没说出一个字来，于是他明白了今天不像往常那样。他用恼火的眼神看着我，之前我就感觉不对劲了，我想说些什么，我想离开，我已经后悔了，但太晚了。以前我是每天都来买东西的顾客，他认识我，真诚地向我问候，他习惯我的到来，但现在一切都改变了。他让我觉得自己不正常，是有问题的，一文不值。伴随着噩梦般的几秒钟，我的尴尬达到了顶点，我感到身上开始冒汗。这时我听到了自己的声音："没事，没关系的……我忘了什么东西！"我说着向后退去。那个店员一开始显得有些惊讶，但很快就恢复了惯常的友好表情。

"好，没问题。"他说道，似乎也想摆脱这种尴尬的局面。他看上去真的是个好人，我往后退了两步到了门口，然后转身羞愧地走了出去。

我迈着稳健的步子向远处走去，想给他留下一种好的印象。但没过一会儿，我听见了他的声音，像是被一颗温柔的子弹射中了，脸因为羞耻烧了起来。

"先生，你能过来一下吗？"我听见他在叫我。我停下了脚步，但没有马上回头，像在确定是不是在叫我。我转过身看着他，只见他手里拿着一个纸袋站在门口。我走近他，他对我说：

“这是今天剩下的面包圈，我们做得太多了，拿着吧，扔掉太可惜了。很好吃的。”

我垂下眼帘不敢看他。“不，不用了，谢谢您了。您太客气了，真的不用了。”

但他用同样的语气坚持道：“来，请拿着，这只是个小礼物。”于是我没看他，接过袋子拿在手里。

“谢谢您。”我说。

他笑了，显得很开心，对我点点头，然后走进店里。

我回到公园，一坐在我的长椅上，就打开袋子像个疯子般狂吃了起来。那些面包圈是如此美味，好吃得不可思议。袋子里装了很多，当我吃了一半的时候，我决定不吃了，把余下的留到晚些时候，如果能留到明天就更好了。接着我喝了很多水，感到非常幸福。我把装面包圈的袋子拿在手里，像是拿着一个贵重的宝贝。晚些时候，天气凉快了，吹来一阵舒心的清风，我又吃了两个面包圈，便躺下睡觉了。当我躺下的时候，我看见从远处走来了昨天的那个新伙伴——那只小狗。它一见到我就对着我摇尾巴，我把它叫到跟前，它更高兴了。“你想要什么？”我抚摸着它说道。它中等个头，浅咖啡色的皮毛光滑又柔软。我不太懂狗，也从来没养过宠物，可我喜欢动物。它好奇地看着我，模样很可爱，我从袋子里拿出一个面包圈给它，它一口气就吃完了。它还想吃，我又给了它半个，可我必须给自己留些。接着它躺在我旁边的地上，我俩很快就睡着了。

第二天一早就有件不愉快的事在等着我，我那个装着换洗衣服的塑料袋不翼而飞了。我简直不敢相信自己的眼睛。让我感到震惊的不是丢了衣服——反正我也不怎么需要，而是没想到如今这世道，公园里竟然还会出现抢劫这种让人厌恶的事情。在我这个安身之处，竟然出现了小偷！我无法接受这个事实。我坐起身，把周围查看了无数遍，想着也许不小心掉在哪儿了，但是，不，什么地方都没有，袋子消失了。

狗还在那儿，急切地看着我。“你没看到什么吗？”我问它。狗轻轻地对我叫了几声，然后快活地绕着自己转了一圈。幸好面包圈还在，没有被动过。从那天起，我开始不太信任公园的安全状况了，我的心情也发生了很大变化。公园从一个神圣的地方，一片热情、亲切、友好的土地变成了充满怀疑和恐惧的场所。今天偷了我的衣服，也许有一天会威胁到我的生命。要知道这是个公共场所，什么人都可以进入。

事实上这成了我的伤痛，唯一安全的地方消失了。我尽量回避这种不快的感觉，但始终没做到。我还试图说服自己，这是一起偶发事件，但即便我的心情改善了，也无法回到当初那种随意的感觉。

三天后，我决定离开公园。这是一个意外而艰难的决定，我发誓这么长时间以来从没想过要离开我的长椅，离开群星闪耀的夜空，离开水龙头和那些熟悉的老面孔，但那个时刻终于来了。早上，当我意识到自己的东西被偷了的时候，我立刻没了胃口，所以那点面包圈倒是够了。但第二天，我的肚子又开始咕噜噜叫起来，我感到了无法承受的绝望。狗一刻不停地跟着我，我应该把它赶走。但让我想得更多的是：它也要吃东西，它是怎么忍受长时间的孤独的？接下去我拿什么喂它呢？那天晚上，我因受不了饥饿，又直奔面包店而去（其实我还没完全做出决定，是我的心决定让我去的）。我和小狗一起到了那儿，面包店还开着，但没有一个顾客。我看见那个好心人在打扫，还有个女人和他在一起。我从面包店前面走过去，假装碰巧从那里经过很可笑，于是我把小狗抱在怀里，坐在对面的路边。

天渐渐暗了下来，如果面包店关门，那么找到食物的希望就会落空。那个女人先走了，我觉得这是个好征兆，因为面对她我会感到非常难为情。过了差不多二十来分钟，我看到那个店员准备关门。他先把后面的灯关掉，查看了货品，一眨眼就走了出来。可他没注意到我，或许根本没看到我。在最后一刻，他终于看到了我，那时他正准备给门上锁。他愣了一会儿，也许在确认是不是我，然后走进店里，接着走出来先把门锁上，然后朝着我这边走来，把一个纸袋放在我手上。在忽明忽暗的光线下，我的脸被感激之情照亮，我紧紧抓住他的手，他向我道了声晚安，似乎还想抚摸狗，但犹豫了。我没有立即从地上站起来，小狗马上明白袋子里有食物，冲着我又蹦又跳。我打开袋子往里看，是两个三明治和一块甜点。真不知道没有这个人的话，我该怎么办。

那是我在公园的最后一晚，离开让我感到很难过，但我没有其他选择，因为公园让我觉得不安全。我最多早上会来逛逛，但我不会在那里睡觉了。

我给小狗取名叫苹果。它是只很好的小动物，温柔而安静，跟我形影不离，却从来不打扰我。我们花了两天时间寻找睡觉的地方。第一晚，我们找到了一个在大桥下的地方，旁边有一堆碎砖，另一侧开着些野花，再过去堆放着一些废弃的旧工地的水泥块。土有些潮湿，地面上有几处地方比较软，还不坏。这土地很容易让人睡着，适应这里并不难。可每隔一会儿就从我们上面开过去一辆车，噪声持续不断，一点儿都不安静。第二晚我就受不了了。

我没有再去过那家面包店，我受不了那种感觉。当一切结束之后，我会穿上最好的衣服去那里，向那个和善的人买东西，并一再地向他表示感谢。但是到目前为止，再去那儿让人无法承受。我和苹果只好继续艰难地寻找食物和住所。

接下去的几个晚上，我潜入公园，也许能找到有人吃剩下的三明治或掉落下来的食物（这是座大城市，不是没这可能），但我们一直不太幸运。我决定去城市西边的那个旧河沟找一个安全的藏身之处。记得以前我曾开车经过那儿，见过有一块很大的空地。我们去了那里看看情况，果然不错，的确是块空地。土地高低起伏犹如一条曲线，到最后堆积成了一座小丘，从那上面通向公路。我们的运气还不坏，那儿唯一的问题是很潮湿，但和其他我碰到的问题相比，这已经是最好的了。我们在天黑前到达那里，我随即躺下，尽管有些不太适应，但还能接受。一开始苹果欢快地蹦跳着，过了会儿也累了，来到我身边躺下。我们俩都很饿，只吃了点剩下的残渣，但在那个晚上，我们必须忘记这件事。

我们到那儿大概两小时之后，我开始进入梦乡，苹果首先听到了什么，我感觉到它的紧张后也醒了。我用手掌撑在地上，朝发出声音的地方望去。

有人往我们这里走来，是三个人，一个男人和两个女人。我很害怕，不知道他们为什么出现在那里，还向我们走近。我本能地把苹果抱进怀里，看着他们朝我们所在的地方走过来。他们在距离我们很近的地方站住了，我能看得很清楚，一个约六十到六十五岁的男人，一个约五十岁的女人，还有一个姑娘，长得挺漂亮，不到三十岁的样子。他们有着和善的面孔，但看上去很疲惫，他们身上的衣服肮脏破旧。我在距离他们一米的地方站了起来，看着他们。他们也好奇地望着我，并偷偷地看了看苹果。

“你在这里干什么？”那个男人沙哑、温暖的声音没让我觉得受到威胁，但这直接的问题却让我有些不知所措。

“没什么，我是来睡觉的。”我答道。听到我的回答后，他们互相看了看。

“你以前住在哪里？”还是那个父亲在问。

“在公园里。”

“公园……那里有很多人……我们也在这里睡觉，这是我老婆和女儿，有时候这里还有其他人会来。”他继续说着。他明白我挺友好，便慢慢平静了下来。

“这条小狗是你的吗？”女儿问道。她的确长得挺漂亮，声音也很甜美。

“是的，是我的，它叫苹果。”我微笑着说。姑娘向苹果抛了个眼神，苹果朝她跑去。

当大家确认好没有危险之后，便选择各自的地方休息。我还是睡在原来的地方，他们去了最远的小山丘脚下。他们在那里放了几张垫子，然后躺了上去。黑暗中，那姑娘不时地朝苹果望去，但距离太远，苹果没感觉到。

天亮的时候我醒了过来，对身处的地方感到很奇怪。苹果已经在等我了，我看了下四周，发现那家人不见了。我必须解决食物的问题，解决了这个问题之后一切就都好办了。一定有办法的，我们可是生活在一座大城市里。另外，我还需要新衣服，我的样子变得有些可怕，头发长长了很多，看上去很久没有梳洗过，很脏，我的衣服也很破烂。不过我一直记得，在所有这些后面隐藏着一个伟大的计划，一个实现我目标的计划。

我和苹果在城市中穿行。同样是饥饿，苹果过得比我开心，因为它总能找到点骨头之类的啃一下，这让我感到难过。生平第一次，我打开了垃圾桶，我以为里面会有些可以吃的东西，结果只有些残渣剩饭，我不敢去碰，我办不到。晚上，我们回到旧河沟，我感到筋疲力尽。那家人已经在那儿了，苹果向姑娘跑去，我微笑着向他们致意，随后来到自己的地方。我已经有好几天没吃东西了，胃饿得缩成一团，我快撑不下去了。不过我必须保持耐心，一切很快就会尘埃落定，我不能抱怨。食物的问题一定要尽快解决，这一点毋庸置疑。

第二天下午，我做了件让自己丢脸的事，但没办法，我发誓实在没办法了。一个摊贩推着装满面包圈和甜点的推车从我们面前经过，他的眼睛直视前方，正要拐弯把车推进小巷时，我偷了两个面包圈（我用极快的速度做出这个动作，好像很有经验）。最初的几秒我非常紧张，担心他是不是看到了，但是没有，他一点儿都没发觉。我狼吞虎咽地吃了面包圈，还掰了一块给苹果吃，可它似乎不太喜欢。接下去的几天，我在不同的地方，杂货铺、甜品店、书报亭，在没有人的时候重复做了同样的事，从那里偷了牛奶和面包，晚上再返回旧河沟睡觉。我和那家人没有什么可说的，我也不想和他们交朋友。我流落到这里是因为环境所迫，没法向他们解释发生的事情，他们自然也不会懂。

时间以可怕的速度流逝，直到有一天我意识到，如果我不吃得好些的话，很快就会有生命危险，我必须寻求帮助。正是那时候，我做出了一个决定，可还没开始实施我就由于紧张而浑身发抖。我要向马里欧求救，这事我想了很久，没考虑会有什么后果就做了决定。我内心祈求别发生什么意外坏了整个计划，我知道马里欧也许会对这个举动相当恼怒，他可能会生气，可能会说出难听的话来，这让我感到了压力。我已经准备好破坏我们之前的约定了，因为我没有地方可去。我的要求并不过分，只是想让他给我点钱，为我购买食物提供保障。就这样，我去了。

在一个凉爽的下午，我带着苹果慢慢地来到我的房子那儿。当我从远处看到花园时，我禁不住感动了，这是我的花园、我的房子。我觉得最后一次在那里好像已经过了很多年。我贪婪地看着眼前的一切，苹果不明白我们在那里做什么，我也不知道具体应该做什么。当然不可能去按门铃，开门的可能是安娜，那会是个灾难。如果是马里欧开门，他一定会目瞪口呆，我会让他很难堪。我分析下来最好的方式是在一个安全距离外等着，等着马里欧出去或回来，他总归会出现的，这不需要费脑子去多想。但时间过去了很久，我却没有看到他。一小时过去了，两小时过去了，情况还是一样，连一个人影都没有。房子看上去是空着的，从我站的位置看不清里面，只能看到大门和花园的侧面，不过有一种空荡荡的感觉，好像住在里面的人去度假了，不在家，或是搬家离开了。我等到半夜，里面没有一个人出现，也没有任何人路过。我在马路对面站了那么久，连一辆车、一个对我投来怀疑目光的邻居都没有！

到了必须决定离开的时候了，苹果已经等得不耐烦，不停拽着我要走。而意识到要一无所获地离开时，我感到特别绝望，我已经被饥饿和疲惫弄得头晕目眩。正要离开时，我差点撞上一位多年的邻居，他住在不远处的一栋房子里，我为被他看到我如此模样而感到羞耻，但我想错了，看上去他并没认出我来，只是反感地看了我一眼，像是很厌恶我这样的人出现在那里。

城市的大街小巷中到处都是人，越往市中心，交通越繁忙。我实在太累了，没力气步行到旧河沟，就把小狗抱在怀里跳上了一辆轻轨电车。车上坐满了乘客，年轻人成群结队地站在车厢的中央，有些人手里拿着酒瓶，大声地说话，互相开着玩笑。大多数的座位上都坐着人，车厢里灯火通明，好像大家正一起前往参加一个节日，那儿的狂欢活动在等着我们。苹果不太习惯这样的地方，缩在我的怀里直发抖。我头疼得厉害，没法下车，一阵剧烈的眩晕，像是有人拿着一把刀在扎我的肚子，我被这种感觉吓坏了。我觉得自己快晕倒了，赶紧抓住扶手站了会儿。等我感觉能保持平衡了，我对着乘客们开口说道："谁有吃的吗？我快不行了。谁能帮帮我？我会很感激他的。"我在那节明亮的车厢里向前走着，为了避免碰到我，人们向两边分开，我明白自己在他们的眼里像个怪物。年轻人一开始还显得挺严肃，但没过多久有几个人笑了起来。一个坐在左边座位上的女孩从她的包里拿出一块吃剩下的三明治。我说不出话来，只是向她投去感激的目光。到了下一站，我使出全身力气拼命挤下车时，猛地跌倒在地上，我就半躺着吃起三明治来，也喂了苹果一些。

我的呼吸很困难，苹果看到我的样子吓坏了，在我身边焦虑地转圈哀鸣起来。过了会儿，我觉得有些力气了，就坐了起来，慢慢地走回旧河沟，经过公园时我们停下喝了些水。回到旧河沟后，我看到那家人没来，我来到自己的地盘，立刻躺了下来。没过一会儿，我快睡着了，但胃疼再次袭来。因为已经好几天没吃东西了，现在我的胃没法消化那块三明治。突然一切变得很难，我的心被压抑的黑暗笼罩着，不知该怎么办。天亮之后又是噩梦般的一天，为了吃到一口面包我要搜遍全城，然后周而复始。我咬紧牙关，要坚持住，如果我后退就会毁掉一切——我和安娜的爱情。为了获得这份爱情我付出了自己的灵魂，难道现在为了一块面包就让一切功亏一篑吗？天哪，一想到这儿，我的大脑就快崩溃了。我的事业会因为我的怯懦而停步不前，因为我的软弱而倾塌。我感到胸口一阵疼痛，以为自己会在那晚死去。

早上，我用仅剩的一点儿力气跑到了我的房子。我必须找到马里欧，即使他不给我钱，至少该给我点吃的。我付出了那么多，值得给我点东西吃吧。这次我没有在门外站着，而是上前敲门。一开始敲得比较轻，接着越来越用力，一下、两下……一百下，没人开门。我按门铃，还是没人，我把手放在门铃上不停地按，但是没用，没人在里面。我敲着门哭喊着，我叫喊着马里欧的名字，然后是安娜的名字，哭喊着让他们把门打开，随便谁给我开门都行，然后我们可以坐下来谈。可即使我不停地敲门，不停地踢门，还是没人开门。我倒在地上，苹果被这番情景吓坏了。我缓慢地站了起来，我不再是我了，我成了一只野兽。这时走过来一个女人，我认识她，她就住在下面一点儿的巷子里。她问我为什么在那里，让我立刻离开，不然就叫警察来。“这是我的房子。”我说。可她继续威胁我，说如果我不走的话，就会有大麻烦。于是我只好离开，被饥饿和人生弄得奄奄一息的我，拖着沉重的步子走着。我走到了对面的一个小巷里，那里很安静，苹果来到我跟前，摇晃着尾巴。我倒在地上，仰望着天空和苹果毛茸茸的吻部，苹果却以为我在和它玩什么游戏。

就这样吧，我转过头，把一切看得清清楚楚。我忘了怎么去活着，这对我自己是多大的罪过啊。我不再是个普通人，我是种精神，是的，我是个笔直站在苦难之中的英雄。总有一天，一个我来不及看到的未来会到来——一个充满着人和生命、色彩和爱情的未来，但我很早之前就走上了另外一条路去了很远的地方，那里生活着所有的无用之才，从那里遥望人类是那么渺小。但是没关系，我还是很成功，我拥有和安娜的爱情，事业发展得越来越好，这就是我想象中的、梦寐以求的人生。

我嘴角挂着微笑，想着这些，小狗要走开，我轻轻地抓住它的腿不想让它离开，但这个举动毫无意义。我把目光转到头顶上的那片天空，我不再是我了，从来也不是，我的心脏发出一种奇怪的声响。我把手掌放在胸前倾听着，也许连一秒都不到，在进入永恒的睡眠之前我最后想到，你是怎么从远方过来的，开始是一个模糊的影子，之后清晰起来，你慢慢地走近我，张开双手，带着一种我永远忘不了的微笑。你毫不迟疑，准备好把我抱入你的怀中，也没有做人们常做的那些把戏。我以为自己已经失去了一切，但你的突然到来把我从世界的孤独中拯救了出来。

番外：迷宫

想不起来是怎么发生的，我曾在生命的某个时刻身处在一座迷宫里。没人强迫我进入，也没人告诉我该怎么做，更没人帮助我离开。刚进入迷宫之初，我只是观察四周。我边走边看，惊叹这阻挡我看到远方的代达罗斯[1]的高墙。为了区分每一段新的墙体，我不得不小心地前行，并对出现在眼前的部分赞叹不已。刚进入迷宫时，我非常兴奋，急不可待地从一个部分走到另一个部分，探索每一条通往死胡同的小路，每一步都是一个发现。但是过了一段时间，我意识到情况不妙，这座迷宫不是个旅游景点，不是一个供人探索的神秘之地。我被困在其中，无法找到出路。这是一个让我无法接受的阴暗且沮丧的事实。于是我沉浸在内心的独白中，试图说服自己，所有这些不过是个玩笑，很快我就能从这个被遗忘的梦境里出去。在徒劳的转圈之后，我感到疲惫不堪，我把外衣铺在地上就睡着了。醒来之后，我又开始了寻找出

1　代达罗斯：希腊神话人物，一位伟大的艺术家、建筑师和雕刻家，最著名的作品是为克里特岛国王米诺斯建造的一座迷宫，因此其名代指迷宫。

口的奋战，全部的希望是在下一个转弯处，或再下一个转弯处，或在接近迷宫出口的地方，命运把我从谜团中释放出来，引导我摆脱困境，走向外部世界，走向真实人生的大门。

我的希望在每天中午膨胀，我在一股内在动力的推动下渴求一个乐观的结局，但随后开始绝望，并在疲劳中崩溃。一开始，我还能凭直觉感受到早晨、中午或晚上，慢慢地我丧失了分辨时间、日期和季节的能力。我的探寻在不间断地进行着，但我能遇到的只是迷宫新的部分，这迷宫像一个令人恐惧的巨大旋涡，让我迷失了方向，或把我带回到始发点。我被无止境的重复弄得晕头转向，我机械地行走着，每到达一段墙体的转角，我的心就狂跳起来，我充满信心，出口在等待着我，它就在我的边上，我只是不能从一米外的地方看到它。有条理的思考和不断重复的歇斯底里合并成为一种无法言传的恐怖，我想怒吼着毁灭这个将我捆绑在它体内、令我无法呼吸的巨大怪物。在迷宫里，我从来没有感觉到饥饿和干渴，所有的感觉都处在一种神秘的中空状态。我每分每秒都在不断尝试，不停地寻找迷宫的出路。这已经不是一个目标、一种坚持，而是我的全部生命、我生命的出口。

在迷宫中，我从没遇到过其他人，我始终独自一人，我唯一的伴侣是投射在路上的影子。在很长一段时间，找到出口的巨大快乐替代了对之前人生的怀念，我已经蜕变成一只毫无思想、只是寻觅出口的动物。但之后，当我每次把外套铺在新走到的路面时，就会回想起那些被我抛在身后的阳光和甜蜜的黑夜、冷热、食物、交谈、噪声以及所有我认识的人。我开始想念所有这些，追忆起这些人和他们所做的事，他们的声音、皮肤和头发，以及所有那些人类的习惯。当我在回忆的疲劳中闭上眼睛，我梦见了火上的烟雾和那条我似去非去过的小河的水流；在一个遥远而炎热的中午听到从远处传来的笑声；以及那个还未成长起来的孩子。尽管愤怒并且疲惫不堪，但我继续在寻找。

不知道已经在迷宫里面待了多久，也许是几个月，也许是几年，可我始终抱着有一天将获得自由的兴奋和快乐开始新的行进。但渐渐地，我开始感到疲劳，那种每次激励我重新开始的力量消失了。我拖着身体和灵魂前行，我的速度在减慢，步子越来越小，越来越缓慢，永远都不可能找到出口的恐惧逐渐在眼前清晰起来。迷宫是用一种很紧实的材料建造而成的，我不清楚那是什么材料。围墙极其坚固，冰冷而且原始，触摸墙壁，我无法确定是水泥、木材还是钢铁，触觉没法给出确凿的答案。

过了很久——当然我无法算出到底是多久，我内心祈求着有个人出现在面前，我向创造了这座怪物的造物主跪求赐予我一个同伴，这样在迷宫中的监禁不至于令人无法忍受。但是不管是同伴，还是来访者，从来没有出现过。没有任何声响、嘟囔声、人影、回声，连一点儿活人的迹象都没有。迷宫里除了设计精巧的走道和错综复杂的分支之外，在很多地方都建有柱廊，像是一片片通往无数条令人恐惧的狭窄通道前的绿洲，到了后来却使情况越来越糟糕，令我越发感到恐惧，混乱感也逐渐增加，好似陷入了通往冥界的深渊，我哀求让自己返回到正常的路上。

有时候我会想，建造这座具有奇妙的道路分布和区域规划、拥有令人赞叹的复杂性和独特性的迷宫的人一定是个不凡之人，这样的建筑不可能出自普通人类之手，背后一定隐藏着某种超能力。迷宫的通道有宽有窄，一开始还比较容易辨认，后来就越来越难，不过那时我已经不管那么多了，只是像个人肉机器般横扫而过。很多次为了忍受这种非难，我构想出各种情节和故事来解释这发生在我身上的事实，找寻它的合理性。我想象一切都不是真实的，自己身处在一个梦境的中央，不久之后这一切就会结束，从断开的部分回到真实的生活；或者想象我是某项测试人类本性的试验品之一，目的是了解人类忍耐的程度。我被监视着，忍受着，直到大脑被绝望吞噬。而徒劳地计算时间的愚蠢举动导致我几乎疯狂，有段时间我完全放弃探寻出路，只是坐在地上，目光空洞，浑身发抖并发出一种奇怪的不真实的声音，就像只被宰杀的动物，又像在世界末日前那种无能为力、惊恐万分的样子。但这种时刻很快就过去了，我又继续寻找出口。

在迷宫里待了也许两年，也许十年，也许二十年后，我成了一团充满着记忆和混乱的乱麻，不管是对不幸还是对自由的坚持，都变得毫无意义。还有段时期，我变成了一个充满攻击性的、把毁坏面前的一切作为唯一目标的疯子，我疯狂地叫着，踢着墙，用手甚至用头去撞击阻碍我的任何东西，我想打碎每一样物品，毁灭一切，直至找到出口。但不久之后，我的身体出卖了我，走过无尽的通道、拐角、柱廊，一次次又回到原地，我再也无法忍受这样的厄运，瘫倒在地上沉睡而去。

很多年过去了，我被囚禁在迷宫里长达十多年还是一百年，我无从了解。我成了一个没有希望、苟延残喘的魂魄，一个幽灵。但我还是像一个尽忠职守的人那样，每天从头开始寻找出口。出口一定在什么地方，所有的迷宫都有出口，我的这座也不例外，一定隐藏在什么地方，这是让我继续找寻的唯一希望，我决不放弃。我给自己打气：没关系，从头开始，最终一定会找到的！我也曾想过或许在找寻的时候哪里弄错了，或许是方法不对，或许不该直走，或是不该穿过那条通道。于是我试图倒着走，由于不习惯这样走路，我的步伐变得更慢了。我用手去触摸每一段新的路面，每一个柱廊，期待用这种新的方式让我更快地接近出口，但我很快就被这种办法弄得筋疲力尽。随后在尝试了上千种方法之后，我明白自己永远找不到出口了。我放慢脚步，最后在一条宽敞的通道上停了下来，在尝试了这么久的努力之后，我第一次不再对找到出口抱有希望。当这个悲伤的想法出现之后，我没有捶胸顿足，而是把外套脱了下来挂在对面的墙上。我在路边做了一张床，这样当我躺下的时候就不会被坚硬的地面硌得生疼。

从那天起，我没再迈出过一步，也没再去探寻出口，我就一直在那儿躺着。很多年之后，当我醒来感觉心情变得好些时，我在对面墙上做了一扇窗，靠着窗又做了扇门，然后我回到床边远远地看着。我怀着甜蜜的心情过了几天之后，感觉自己恢复得有点力气了，就在床边上做了一个多层的架子。我用能找到的物品装饰这个架子，比如像奶嘴这样的小物件，接着我想到可以放一丛野花。晚上入睡前，我忍不住地朝放着小摆设和新鲜野花的柜子看上几眼。从那天起，我喜欢找来各种各样的东西填充通道，直到它成为我心爱的家，即便找到出口也不愿离开的家。躺在小床上欣赏我的门窗和架子上的花朵，让我感觉很幸福，这就是我曾经梦想的生活。我不再关心如何找到出口，住在这个地方让我感到心满意足，要丢下它毫无意义。又过了很多年，到底多少年呢？

我一直住在这个家里，连我自己都很难相信这曾经是关押我的一座迷宫的通道，直到有一天我全然想不起过去，全然认不出这座建筑是曾经把我关在里面的迷宫。我把房间布置得很好，感觉安全和平静，远离要找到存在着的某个出口的焦虑。那天，我突然听见一个声音在召唤，那是人们的呼喊声，他们在叫我出去："在这里，这里是出口，别待在那儿了，把墙推倒了过来，我们在等你！把那脏兮兮的花扔了跟我们来吧！"但我只是捂住耳朵倒头睡觉。从那以后，只要一想到我会住在这个房间里、我的家里，住在这个没人可以侵犯，也不会被驱逐的家里，因为我的存在而亲手制造的家里，直到生命的终结，我就会幸福得热泪盈眶。

完